ode d'honneur
arines :
marines aime
a patrie. sans
marines, le
sacrée merde.
ue le commando
êt à tous les
t pour cela
gé, et c'est
monde a besoin

ZÉRO ABSOLU

PREMIER ACTE

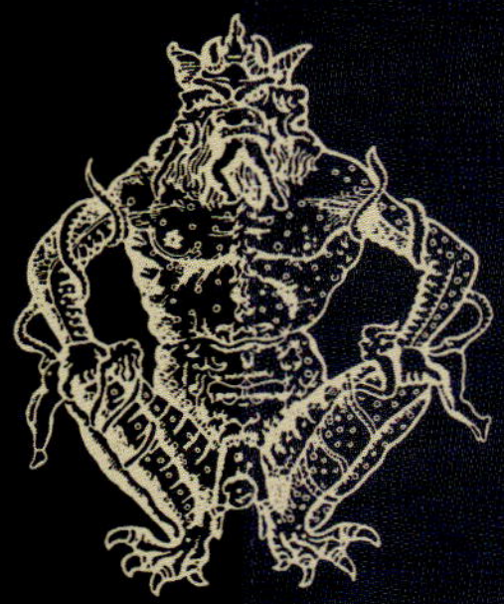

création & concept
Christophe Bec
script
Richard Marazano
Christophe Bec
textes
Richard Marazano
dessin
Christophe Bec
couleur & palette graphique
Homer Reyes
assistants coloristes
Ben Dimagmaliw
Laura Depuy
Anne-Louise Mahoney
Jhoanne Reyes
illustration de couverture
Christophe Bec
Homer Reyes
logo & design
Denis Bajram
direction éditoriale
Mourad Boudjellal

soleil

Merci à Guilhem, Fabrice
et Mazan pour leur soutien,
à Steph B. pour son précieux point de vue,
à Denis Bajram pour ses multiples sauvetages
sur le mac, à Laurent Galmot,
à Homer pour son talent made in USA
et à tous les Sanzistes.

Spécial remerciement à Max de Fun.

Maximum de respect pour Gabriele Salvatores,
Baz Luhrmann et Chris Marker.

À Sandra Dee.

C.B.

Merci à Guilhem Bec
pour son soutien moral, à Delphine,
à Mercedes et à Fabrice Neaud.

Hommage à Serge Moscovici
et H.G. Wells.

R.M.

Album SOLEIL PRODUCTIONS — 9, rue Racine — 83000 TOULON
Tél. : 04 94 185 185 — Fax. : 04 94 62 30 21
Dépôt légal : novembre 1997 — ISBN : 2 - 87764 - 657 - 2

Photogravure : IGS/Angoulême — France.
Impression : Lesaffre/Tournai — Belgique.

SHEET
CHET B. NOWLAND
Rank : Lieutenant de Marines.
Age : 28
Height : 1m78
Weight : 89kg
REGISTRATION :
NOW707
FINGERPRINTS
LEFT RIGHT
100 Page 1
SHEET
HAZEL SUMAK
Nickname : DENVER
Rank : Caporal d'infanterie de Marines.
Age : 25
Height : 1m82
Weight : 96kg
Registration :
SUM137
FINGERPRINTS
LEFT RIGHT
100 Page 2
SHEET
DEBORAH WESLEY
Post : civile-ingénieur détachée par la S.C. CORPORATED L.T.D.
Age : 25
Height : 1m76
Weight : 54kg
FINGERPRINTS
LEFT RIGHT
100 Page 3
SHEET
ALFREDO JOSE BENITEZ
Post : combattant indépendant-"mercenaire".
Age : 32
Height : 1m87
Weight : 78kg
Registration :
IND-FILE212
FINGERPRINTS
LEFT RIGHT
100 Page 4
SHEET
PHILIP Mc GREGOR
Rank : 2e classe infanterie de Marines.
Age : 41
Height : 1m87
Weight : 102kg
Registration :
GRE0713
FINGERPRINTS
LEFT RIGHT
100 Page 5
SHEET
MICHA ALGIS POTOTSKI
Rank : 2e classe infanterie de Marines.
Age : 31
Height : 1m94
Weight : 81kg
Registration :
POT258
FINGERPRINTS
LEFT RIGHT
100 Page 6
SHEET
BRUCE ADAM SMITH
Rank : 2e classe infanterie de Marines.
Age : 29
Height : 1m85
Weight : 83kg
Registration :
SMI.AD815
FINGERPRINTS
LEFT RIGHT
100 Page 7
SHEET
COLE ADRIAN COPPEL JR.
Rank : 1e classe infanterie de Marines.
Age : 19
Height : 1m79
Weight : 71kg
Registration :
COP2075
FINGERPRINTS
LEFT RIGHT
100 Page 8
SHEET
JEZABEL REYNOLDS
Rank : 1e classe infanterie de Marines.
Age : 22
Height : 1m68
Weight : 60kg
Registration :
REY512
FINGERPRINTS
LEFT RIGHT
100 Page 9

SHEET
PHASE 8
FUNCTION : CRYOGENIC COUNTDOWN
CRYOGENIC ALARM CLOCK ENGAGED
Mikhaïl Boulgako
Le Maître et Marguerite
SOLEIL
CHET ! NE ME DIS PAS QUE TU AS ENCORE EMPORTÉ TON SATANÉ BOUQUIN !!...

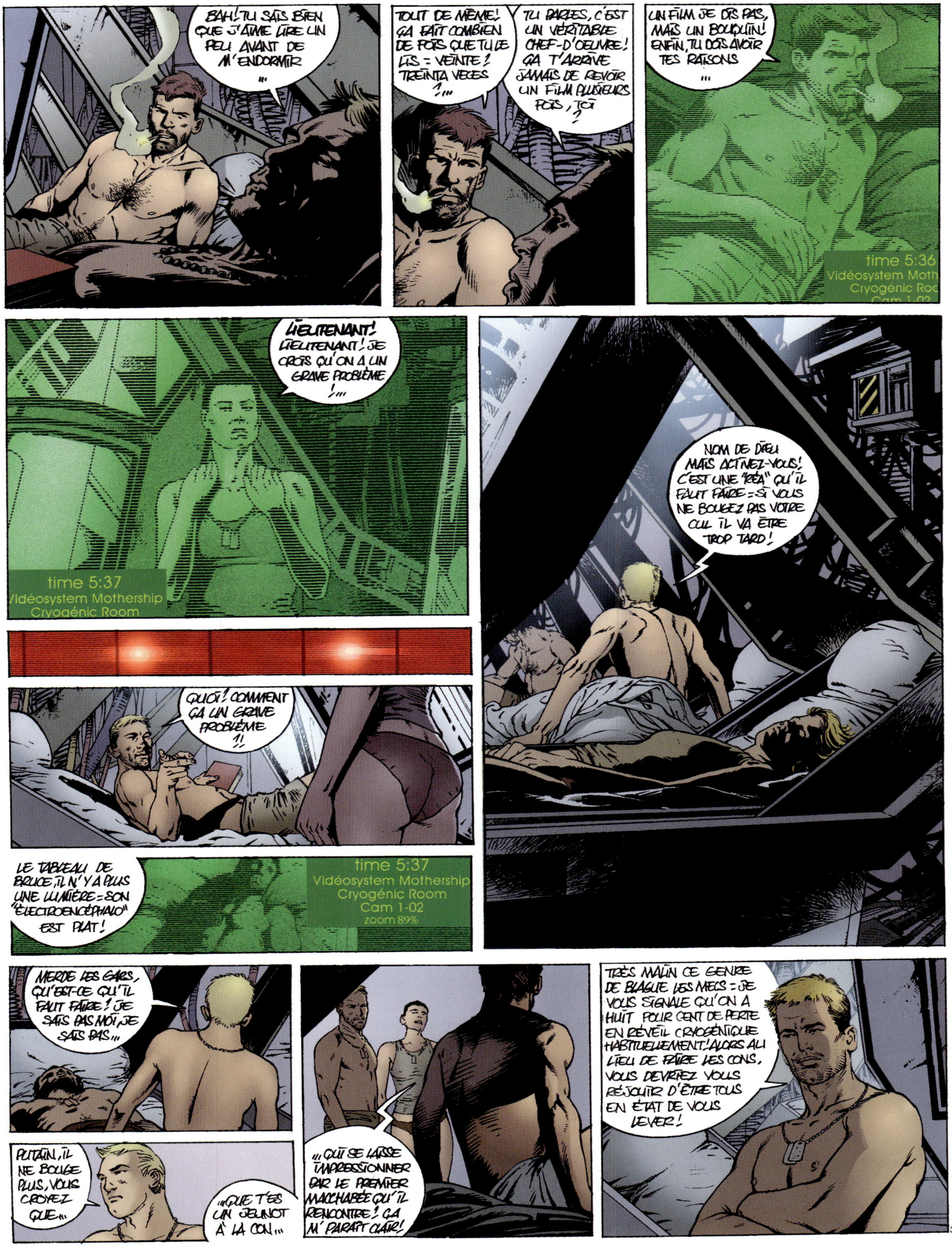
BAH! TU SAIS BIEN QUE J'AIME LIRE UN PEU AVANT DE M'ENDORMIR ...
TOUT DE MÊME! ÇA FAIT COMBIEN DE FOIS QUE TU LE LIS = VEINTE! TREINTA VECES ?...
TU PARLES, C'EST UN VÉRITABLE CHEF-D'OEUVRE! ÇA T'ARRIVE JAMAIS DE REVOIR UN FILM PLUSIEURS FOIS, TOI ?
UN FILM JE DIS PAS, MAIS UN BOUQUIN! ENFIN, TU DOIS AVOIR TES RAISONS ...
time 5:36
Vidéosystem Moth
Cryogénic Roo
LIEUTENANT! LIEUTENANT! JE CROIS QU'ON A UN GRAVE PROBLÈME !...
time 5:37
Vidéosystem Mothership
Cryogénic Room
NOM DE DIEU MAIS ACTIVEZ-VOUS! C'EST UNE "RÉA" QU'IL FAUT FAIRE = SI VOUS NE BOUGEZ PAS VOTRE CUL IL VA ÊTRE TROP TARD!
QUOI! COMMENT ÇA UN GRAVE PROBLÈME ?!
LE TABLEAU DE BRUCE, IL N'Y A PLUS UNE LUMIÈRE = SON "ÉLECTROENCÉPHALO" EST PLAT!
time 5:37
Vidéosystem Mothership
Cryogénic Room
Cam 1-02
zoom 89%
MERDE LES GARS, QU'EST-CE QU'IL FAUT FAIRE! JE SAIS PAS MOI, JE SAIS PAS...
PUTAIN, IL NE BOUGE PLUS, VOUS CROYEZ QUE...
...QUE T'ES UN JEUNOT À LA CON...
...QUI SE LAISSE IMPRESSIONNER PAR LE PREMIER MACCHABÉE QU'IL RENCONTRE! ÇA M'PARAIT CLAIR!
TRÈS MALIN CE GENRE DE BLAGUE LES MECS = JE VOUS SIGNALE QU'ON A HUIT POUR CENT DE PERTE EN RÉVEIL CRYOGÉNIQUE HABITUELLEMENT! ALORS AU LIEU DE FAIRE LES CONS, VOUS DEVRIEZ VOUS RÉJOUIR D'ÊTRE TOUS EN ÉTAT DE VOUS LEVER!

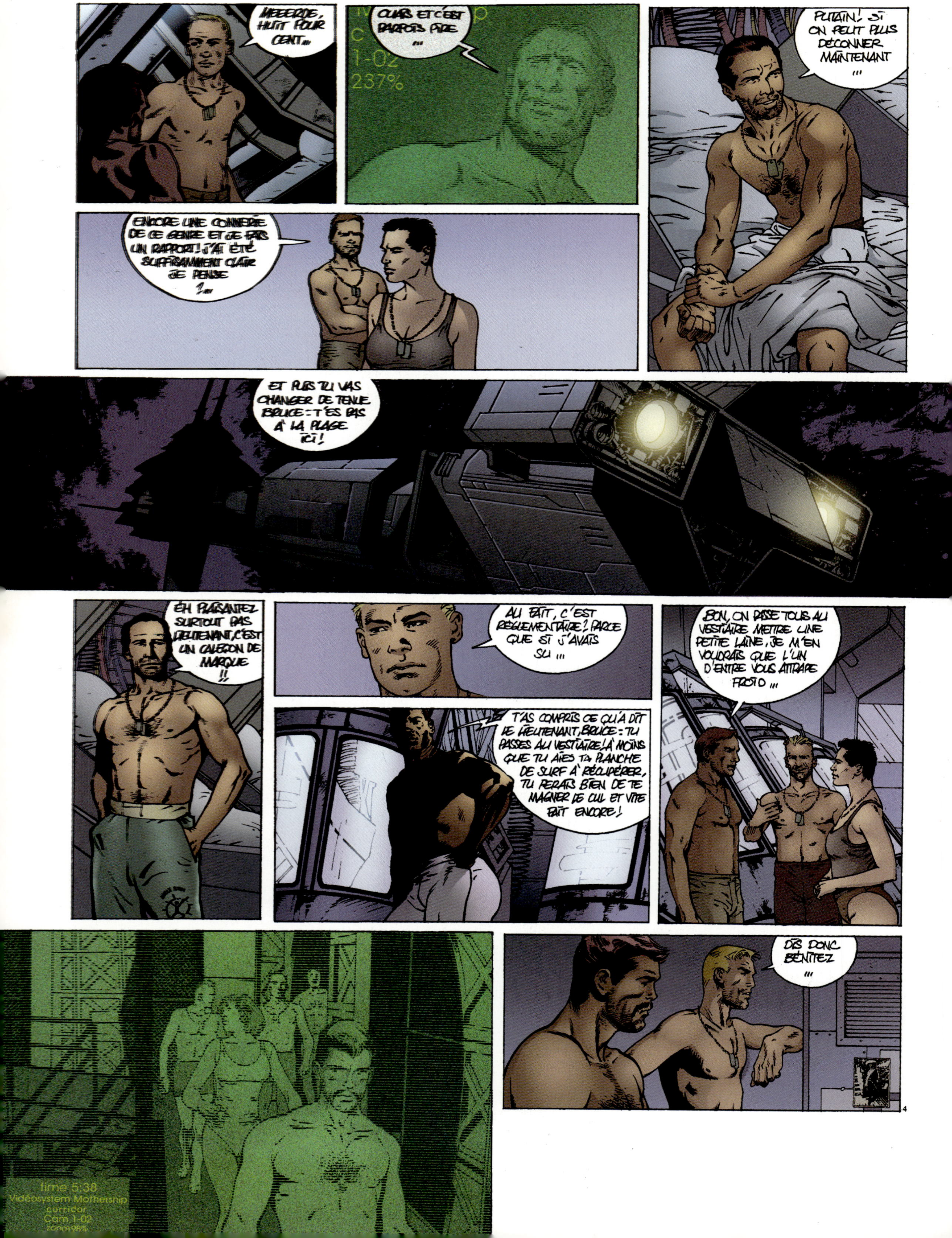
MEEERDE, HUIT POUR CENT...
OUAIS ET C'EST PARFOIS PIRE ...
1-02
237%
PUTAIN! SI ON PEUT PLUS DÉCONNER MAINTENANT ...
ENCORE UNE CONNERIE DE CE GENRE ET JE FAIS UN RAPPORT! J'AI ÉTÉ SUFFISAMMENT CLAIR JE PENSE !...
ET PUIS TU VAS CHANGER DE TENUE BRUCE : T'ES PAS À LA PLAGE ICI!
EH PLAISANTEZ SURTOUT PAS LIEUTENANT, C'EST UN CALEÇON DE MARQUE !!
AU FAIT, C'EST RÉGLEMENTAIRE? PARCE QUE SI J'AVAIS SU ...
T'AS COMPRIS CE QU'A DIT LE LIEUTENANT, BRUCE : TU PASSES AU VESTIAIRE! À MOINS QUE TU AIES TA PLANCHE DE SURF À RÉCUPÉRER, TU FERAIS BIEN DE TE MAGNER LE CUL ET VITE FAIT ENCORE!
BON, ON PASSE TOUS AU VESTIAIRE METTRE UNE PETITE LAINE, JE M'EN VOUDRAIS QUE L'UN D'ENTRE VOUS ATTRAPE FROID ...
time 5:38
Vidéosystem Mothership
corridor
Cam 1-02
zoom 98%
DIS DONC BÉNITEZ ...

...C'EST TON GRAND-PÈRE OU QUELQU'UN DE TA FAMILLE ?!...
IGNARE! C'EST EMILIANO ZAPATA ...
...UN GRAND HOMME DE MON PAYS QUI S'EST BATTU POUR LES PÉONS, UN GRAND SOLDAT !...
ÉMILE SAVATE! ON DIRAIT PLUTÔT UN NOM DE CLOWN!...
...ET PUIS DIS-MOI, "BÉNITEZ" C'EST PAS NON PLUS BLANC DE BLANC COMME NOM, ÇA?!
SHOW
AH! PARCE QUE POTOTSKI C'EST UN NOM BIEN DE CHEZ NOUS, PEUT-ÊTRE ?!...
FAIR ENOUGH! MAIS TU M'EXPLIQUERAS POURQUOI CES CHICANOS SONT TOUJOURS DES PUTAINS DE GAUCHISTES?!... JE FAIS PAS DE POLITIQUE, MAIS...
BÉNITEZ, TU ME FAIS PLAISIR ...
...TU FAIS COMME SI TU N'AVAIS RIEN ENTENDU ?...
CLARO! MAIS QU'IL ARRÊTE UN PEU DE LA RAMENER LE LOUP DES STEPPES OU JE LE PASSE AU LAMINOIR, VU?!
U.S. ARMY
TOP SECRET
X-FILES
CONFIDENTIAL

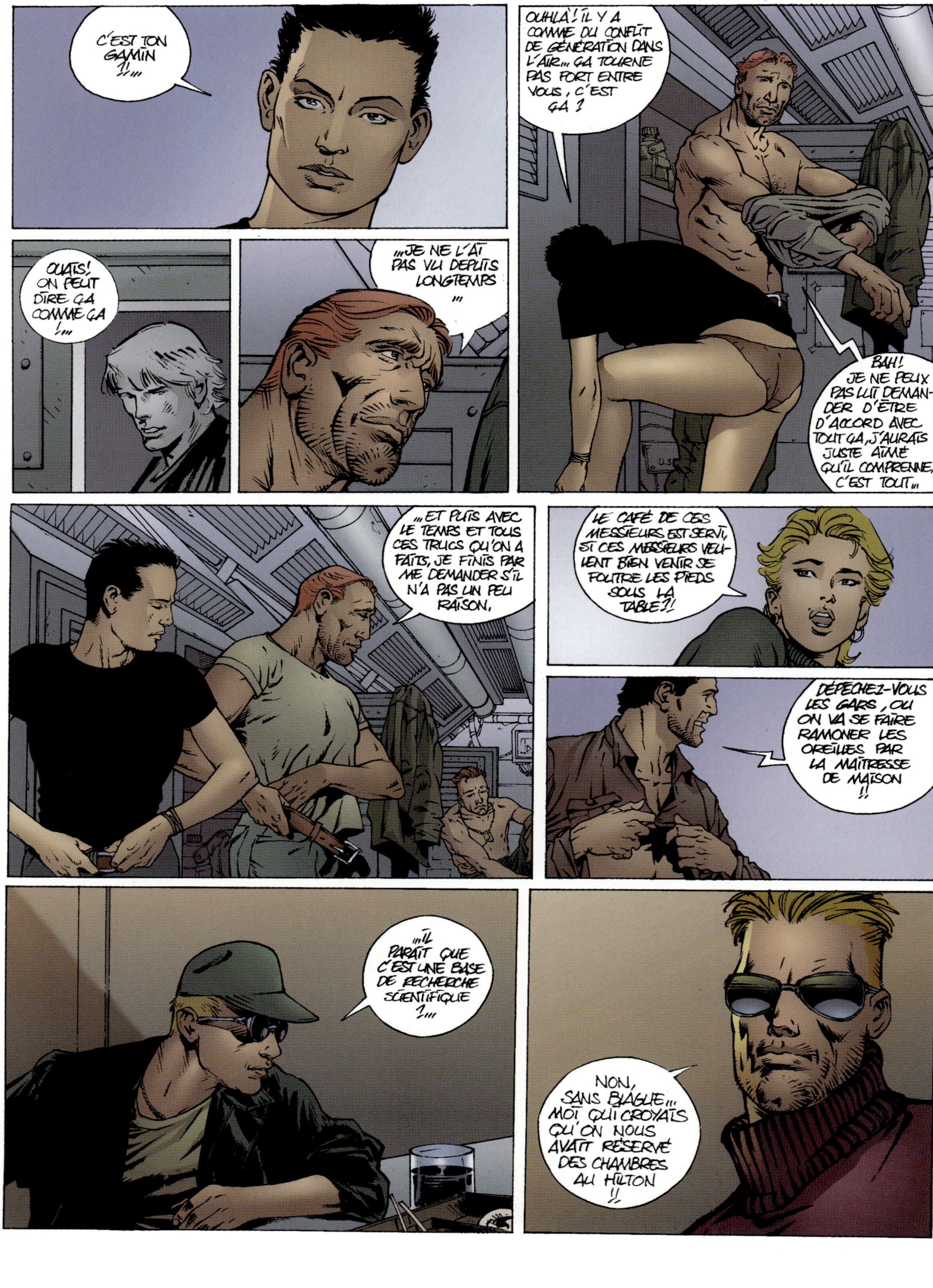
C'EST TON GAMIN ?!...
OUAIS! ON PEUT DIRE ÇA COMME ÇA !...
...JE NE L'AI PAS VU DEPUIS LONGTEMPS ...
OUHLÀ! IL Y A COMME UN CONFLIT DE GÉNÉRATION DANS L'AIR... ÇA TOURNE PAS FORT ENTRE VOUS, C'EST ÇA ?
BAH! JE NE PEUX PAS LUI DEMANDER D'ÊTRE D'ACCORD AVEC TOUT ÇA, J'AURAIS JUSTE AIMÉ QU'IL COMPRENNE, C'EST TOUT...
...ET PUIS AVEC LE TEMPS ET TOUS CES TRUCS QU'ON A FAITS, JE FINIS PAR ME DEMANDER S'IL N'A PAS UN PEU RAISON.
LE CAFÉ DE CES MESSIEURS EST SERVI, SI CES MESSIEURS VEULENT BIEN VENIR SE FOUTRE LES PIEDS SOUS LA TABLE ?!
DÉPÊCHEZ-VOUS LES GARS, OU ON VA SE FAIRE RAMONER LES OREILLES PAR LA MAÎTRESSE DE MAISON !!
...IL PARAÎT QUE C'EST UNE BASE DE RECHERCHE SCIENTIFIQUE ?...
NON, SANS BLAGUE... MOI, QUI CROYAIS QU'ON NOUS AVAIT RÉSERVÉ DES CHAMBRES AU HILTON !!

...SANS DEC. MC GRÉGOR, T'AS COMMENCÉ DANS LES TRANSMISSIONS !!?
Coca-Cola
PUISQU'IL TE LE DIT !!... ARRÊTE DE TE FOUTRE DE LA GUEULE DE TOUT LE MONDE, BRUCE !
EH, EH ! MA BELLE, C'EST POUR CELA QUE TOUTES LES FILLES SONT FOLLES DE MOI, NON ?
Vidéosystem Mothership
Refectory
HEY, PUCEAU, C'EST PAS DE TON ÂGE CES JEUX-LÀ, ALORS LAISSE LA CHEFTAINE À CEUX QUI ONT PLUS D'EXPÉRIENCE !!
T'ES LOURD, BRUCE !!
BON ! AUTANT CREVER L'ABCÈS TOUT DE SUITE... J'AI LÀ UN TRUC QUI DEVRAIT FRANCHEMENT VOUS DÉPLAIRE !!...
réfectory
cam 3-3
zoom 140%
...VOUS ALLEZ AVALER TROIS PILLULES CHACUN ! BENITEZ, FAIS PASSER !
MERDE LIEUTENANT ! C'EST QUOI CETTE SALOPERIE ?!...
OUAIS ! NORMALEMENT LES SUBSTANCES QU'ON DOIT ABSORBER SONT TOUTES INSCRITES AU PROTOCOLE DE DÉCRYOGÉNISATION !!
...VOUS N'ALLEZ PAS FAIRE DE CHICHIS POUR DEUX-TROIS ASPIRINES... VOUS AVEZ ENTENDU CHEF ?...

J'IGNORE TOUT DU CONTENU DE CES PILULES...
...MAIS CE DONT JE SUIS SÛR, C'EST QU'IL S'AGIT D'UN ORDRE, ET JE N'AI PAS POUR HABITUDE DE CONTESTER LES ORDRES!...
U.S. ARMY
TOP SECRET
X-FILES
...ALORS, ON AVALE !...
OUAIS! AU PIRE C'EST DES AMPHETS, ET ON SE TAPERA UN DE CES PUTAINS DE TRIPS!!
NON... MAIS EUH!... C'EST LÉGAL CES MACHINS-LÀ?... C'EST SÛR QU'ON RISQUE RIEN?!...
ATTENTION ?
EN UN TOURNEMAIN FRANCO GLISSAIT LE REVOLVER DE TONY DANS LA SERVIETTE DE SON COMPLICE.
PUISQUE TOUT LE MONDE A PRIS SES PASTILLES POUR LA GORGE, JE CROIS QU'IL VA ÊTRE TEMPS DE SE METTRE AU BOULOT, ASSEZ LÉZARDÉ...
...ON FAIT NOS BAGAGES ET ON DÉCOLLE !!
YEAH! À NOUS LA PLAGE, LES COCOTIERS ET LES GONZESSES !!
IL NE TE MANQUE PLUS QU'UNE BONNE BLENNORRAGIE ET TA PANOPLIE DE GROS BOURRIN SERA COMPLÈTE, BRUCE !!...
U.S. ARMY
Marines Infant. Space depart.
"To protect and to serve"
VAMONOS CHIQUITOS, CHET NOUS VEUT PRÊTS DANS MOINS DE VINGT MINUTES!
...HEY LES MECS, UNE BASE SCIENTIFIQUE ÇA DOIT ÊTRE PLEIN D'INTELLOS À LA CON, NON?!
FERME TA GRANDE GUEULE COLE !...

THE UNIT
...T'ES DANS L'INFANTERIE DE MARINE MAINTENANT ! ET DANS L'INFANTERIE DE MARINE, IL Y A UN TEMPS POUR CAUSER ET UN TEMPS POUR BOSSER !...
Extrait du Code d'honneur du commando de Marines
"Le commando de Marines aime avec dévouement sa Patrie. Sans le commando de Marines, le monde serait une sacrée merde. C'est pour cela que le commando de Marines est prêt à tous les sacrifices, c'est pour cela qu'il s'est engagé et c'est pour cela que le monde a besoin de lui."
S. ARMY
ASSEZ PERDU DE TEMPS, BOUGEZ-VOUS LE CUL ! ON EMBARQUE IMMÉDIATEMENT, ET FERMEZ VOS GRANDES GUEULES !!
BEN MON SALAUD ! C'EST QU'ON VA VOYAGER EN PREMIÈRE CLASSE ! Y'A PAS, ON EST DES GENS RESPECTABLES !...
...DIS-DONC DENVER, TU SERAIS PAS FILS DE MINISTRE ?!...
zoom 126%
time 07:18
Vidéosystem Snowdog
cam 1-01
ÉCOUTE BRUCE ! LES BONS NÈGRES ET LES PLANTATIONS C'EST FINI DEPUIS UN MOMENT, ALORS TU RAVALES TON HUMOUR OU JE TE CARRE MON PHASER OÙ TU SAIS !!
OULAAA ! BLANCHE-NEIGE, NE ME DIS PAS QUE TU ES ALLERGIQUE AU COTON, ÇA ME FERAIT DE LA PEINE ...
JE VOUS PRÉVIENS, SI CET ENCULÉ NE FERME PAS SA SALE GUEULE, JE ME LE FAIS !!
OK, DENVER, Y A PAS OFFENSE ... ET PUIS ON EST TOUS FRÈRES, PAS VRAI ?!...
TRÈS TOUCHANTE TA PROFESSION DE FOI, BRUCE !

ÇA COMMENCE À SECOUER, ACCROCHEZ BIEN VOS ESTOMACS LES GARS !
ÇA Y EST, J'AI TOUTES LES CARACTÉRISTIQUES DE SIBÉRIA SUR LE "CONTROL". VOUS POUVEZ AUSSI LES LIRE SUR VOS INDIVIDUELS.
CHET
PUTAIN, VOUS AVEZ VU LA TEMPÉRATURE !! ON VA SE LES GELER LÀ-DESSOUS !
CRÉTIN ! ET LES SCAPHANDRES, ILS SONT FAITS POUR QUOI ? TU CROYAIS PEUT-ÊTRE QU'ON NOUS ENVOYAIT EN VACANCES AUX BAHAMAS !!
ON SE CALME... TIENS, COLE, ON A REÇU L'ORDRE DE MISSION CODÉ... DÉCHIFFRE-LE, ÇA TE FERA UN EXERCICE !
CHET
WAOOO ! LA VACHE, C'EST UN CODÉ ROUGE ! ÇA VA ÊTRE UNE BRINGUE D'ENFER !
MAIS C'EST PAS VRAI ! CE P'TIT CON SE CROIT DANS UN FILM OU QUOI ?!
LAISSE TOMBER BRUCE.

10

BON, J'AI L'IMPRESSION QUE CERTAINS D'ENTRE VOUS PERDENT LES PÉDALES, ON VA PAS S'ÉNERVER AVANT D'AVOIR COMMENCÉ!...
C'EST VRAI LES GARS... ON EST TOUJOURS UN PETIT PEU EXCITÉ AU DÉBUT!... L'ENNUI C'EST LA SIGNIFICATION DE CE CODE, NOUS N'AVONS DROIT À AUCUN DÉGÂT MATÉRIEL.
C'EST ÇA PAPY, FAIS-NOUS LA LEÇON!!
C'EST VRAI QU'IL EN CONNAÎT UN RAYON, LE "VÉTÉRAN"!...
...TOUTE FAÇON ON VA PAS CASSER LES MEUBLES... ON VA DESCENDRE ET TOUT NETTOYER EN DOUCEUR!
MAIS C'EST PAS VRAI, IL VA LA FERMER OUI, ON EST PAS EN TRAIN DE PARLER MÉNAGE, CHIFFONS OU VAISSELLE!
DES TUEURS DANS UN MAGASIN DE PORCELAINE!...
...DE PLUS, LE CODE ROUGE VEUT DIRE QUE NOUS SOMMES PÉRISSABLES!...
NOUS LE SOMMES TOUS, FAUT BIEN MOURIR UN JOUR, AMIGO.
NON!... J'AI DÉJÀ PARTICIPÉ PLUSIEURS FOIS À CE GENRE DE MISSIONS, "PÉRISSABLES" VEUT DIRE QUE CEUX QUI NOUS EMPLOIENT SE FICHENT ÉPERDUEMENT QUE NOUS CREVIONS LÀ-DESSOUS, L'IMPORTANT C'EST QUE LA MISSION RÉUSSISSE, PERTES HUMAINES AUTORISÉES : 100%, DÉGÂTS MATÉRIELS : 0%, ÇA FAIT RÊVER, NON?!...

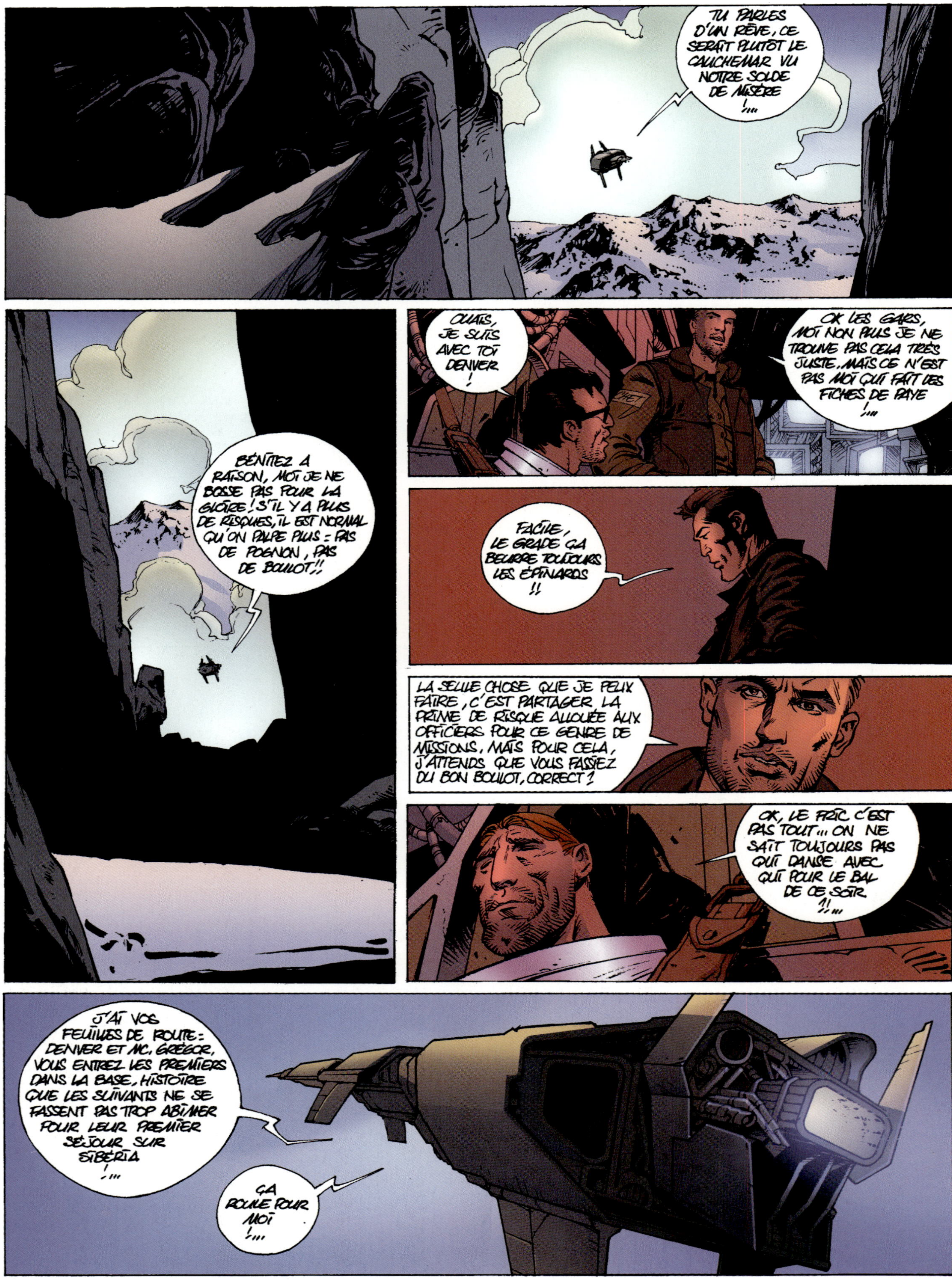
TU PARLES D'UN RÊVE, CE SERAIT PLUTÔT LE CAUCHEMAR VU NOTRE SOLDE DE MISÈRE !...
BÉNITEZ A RAISON, MOI JE NE BOSSE PAS POUR LA GLOIRE! S'IL Y A PLUS DE RISQUES, IL EST NORMAL QU'ON PALPE PLUS : PAS DE POGNON, PAS DE BOULOT!!
OUAIS, JE SUIS AVEC TOI DENVER !
OK LES GARS, MOI NON PLUS JE NE TROUVE PAS CELA TRÈS JUSTE. MAIS CE N'EST PAS MOI QUI FAIT LES FICHES DE PAYE !...
FACILE, LE GRADE ÇA BEURRE TOUJOURS LES ÉPINARDS !!
LA SEULE CHOSE QUE JE PEUX FAIRE, C'EST PARTAGER LA PRIME DE RISQUE ALLOUÉE AUX OFFICIERS POUR CE GENRE DE MISSIONS, MAIS POUR CELA, J'ATTENDS QUE VOUS FASSIEZ DU BON BOULOT, CORRECT ?
OK, LE FRIC C'EST PAS TOUT... ON NE SAIT TOUJOURS PAS QUI DANSE AVEC QUI POUR LE BAL DE CE SOIR !!...
J'AI VOS FEUILLES DE ROUTE : DENVER ET MC. GRÉGOR, VOUS ENTREZ LES PREMIERS DANS LA BASE, HISTOIRE QUE LES SUIVANTS NE SE FASSENT PAS TROP ABÎMER POUR LEUR PREMIER SÉJOUR SUR SIBÉRIA !...
ÇA ROULE POUR MOI !...
12

PASSONS À LA DEUXIÈME ÉQUIPE MAINTENANT. BRUCE, C'EST TOI QUI PRENDS LA SUITE. COLE T'ACCOMPAGNE!
TU PLAISANTES, C'EST QUOI CE BORDEL ?!...
...JE NE VAIS QUAND MÊME PAS ME TRAÎNER MARY POPPINS DANS LES PATTES, ALORS QU'ON NE SAIT MÊME PAS CE QU'ON VA TROUVER LÀ-DESSOUS!
EH! CONNARD RETIRE ÇA !!
DU CALME, JE NE VOUDRAIS PAS AVOIR LE SENTIMENT DE REFILER MA PRIME À DES INGRATS! POTOTSKI, TU PRENDRAS LA PLACE DE DENVER AUX COMMANDES AVEC BENITEZ...
...JE SAIS QUE VOUS N'ÊTES PAS D'ACCORD AVEC LA COMPOSITION DES ÉQUIPES, NI AVEC LE PROGRAMME DES FESTIVITÉS. IL SE TROUVE QU'ON AIMERAIT TOUS ÊTRE AILLEURS, MAIS VOUS VOUS ÊTES ENGAGÉS DANS LES MARINES ET VOUS DEVEZ FAIRE LE BOULOT POUR LEQUEL VOUS ÊTES PAYÉS...
...JE SUIS PLUTÔT COULANT, MAIS JE N'AIMERAIS PAS AVOIR À DISTRIBUER DES SANCTIONS DISCIPLINAIRES, C'EST CLAIR ?!
PFUIT !!... UN PETIT COUP DE SIFFLET MES BREBIS, RENTREZ DANS LE SENTIER ...
13

DIS DONC BRUCE, ELLE A L'AIR SACRÉMENT EN "FORMES" NOTRE PETITE INGÉNIEUR !...
EH ! LES POÈTES, ON ARRIVE !...
FINALEMENT, ON RISQUE DE PALPER PLUS QUE PRÉVU POUR CE BOULOT !
LANDING POSITION
général map
detail
Shield released
AUTRE CHOSE : AU CAS OÙ VOUS NE L'AURIEZ PAS REMARQUÉ, LA NAVETTE EST EN PILOTAGE PROGRAMMÉ, NOUS DEVONS DONC ÊTRE DE RETOUR AVEC LE SNOWDOG ICI-MÊME DANS VINGT HEURES PRÉCISES...
...VOUS CONNAISSEZ TOUS LE DÉLAI LÉGAL DE DEUX MOIS POUR L'ENVOI D'UNE NOUVELLE MISSION, JE PENSE QUE VOUS ÊTES TOUS CONSCIENTS DE CE QU'UN RETARD SIGNIFIERAIT !!
...SANS QUOI, SUIVANT LE PROGRAMME, LA NAVETTE REPARTIRA À VIDE ...
OUAIS, CEUX QUI SUIVRAIENT RISQUERAIENT DE NE TROUVER DE NOUS QUE QUELQUES MORCEAUX DE VIANDE CONGELÉE !
EH COLE ! DEVINE DE QUOI ÉTAIT FAIT LE "PETIT-DÉJ" DONT TU T'ES GAVÉ TOUT À L'HEURE !!...
TROP DRÔLE LES MECS, VRAIMENT !...
N'OUBLIEZ PAS, NOUS N'AVONS PAS PLUS DE VINGT HEURES À PASSER ENSEMBLE, CELA DEVRAIT VOUS AIDER À MÉNAGER VOS SUSCEPTIBILITÉS !

ÇA Y EST!! J'AI LA BASE EN LIGNE DE MIRE!...
...VOUS DEVRIEZ VOIR ÇA, C'EST MAGNIFIQUE !!
videosystem
snowdog cam. 2
212%
time 08:03
BON DIEU, ILS FONT DES ÉCONOMIES D'ÉLECTRICITÉ LÀ-DEDANS!! RIEN... PAS UNE LUMIÈRE!!
ALLONS!... PRESSONS! ON N'A PAS TOUTE LA JOURNÉE !!...
5-Mc Gregor
nfravision mode
ESSAIS RADIO... DENVER À SNOWDOG : "J'AI PISSÉ DANS MON SCAPHANDRE ET JE NE TROUVE PLUS LA VIDANGE", VOUS ME RECEVEZ !!...
PARFAIT DENVER, ICI CHEF, JE VOUS REÇOIS TOUS LES DEUX, IL Y A JUSTE UN PETIT PROBLÈME D'INTERFÉRENCE VIDÉO ET DE BLAGUE DE MAUVAIS GOÛT, SINON TOUT EST OK!
DIS-DONC, LE VÉTÉRAN, C'EST VRAI TOUTES CES CONNERIES?... C'EST VRAI QUE T'AS PARTICIPÉ À LA CAMPAGNE DE FORMALHAUT... ET À CELLE DE PROXYON !!
BIEN-SÛR, MAIS PROXYON N'EXISTE PLUS À PRÉSENT, L'ÉTOILE A ÉTÉ DÉTRUITE, C'ÉTAIT LE PRIX À PAYER, J'IMAGINE...
BEN MON VIEUX, T'AS DÛ EN VOIR DES TRUCS PAS ORDINAIRES.
videosystem asor 3
cam 1-13
zoom 87%
BRANCHE TON INDIVIDUEL SUR LA SERRURE, DENVER, T'ES PAS LÀ POUR CAUSER !!

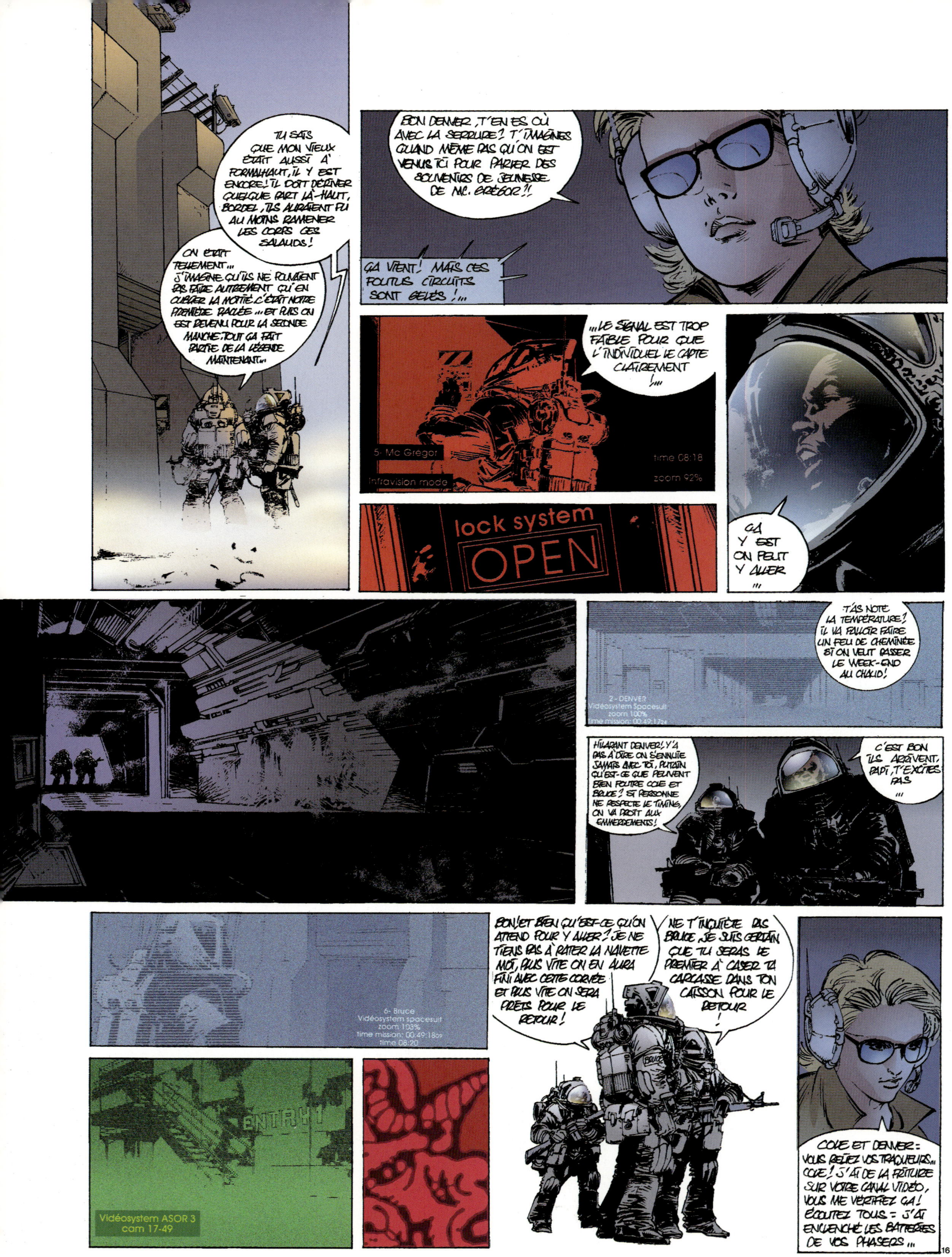
TU SAIS QUE MON VIEUX ÉTAIT AUSSI À FORMALHAUT, IL Y EST ENCORE! IL DOIT DÉRIVER QUELQUE PART LÀ-HAUT, BORDEL, ILS AURAIENT PU AU MOINS RAMENER LES CORPS CES SALAUDS!
ON ÉTAIT TELLEMENT... J'IMAGINE QU'ILS NE POUVAIENT PAS FAIRE AUTREMENT QU'EN OUBLIER LA MOITIÉ. C'ÉTAIT NOTRE PREMIÈRE RACLÉE... ET PUIS ON EST REVENU POUR LA SECONDE MANCHE. TOUT ÇA FAIT PARTIE DE LA LÉGENDE MAINTENANT...
BON DENVER, T'EN ES OÙ AVEC LA SERRURE? T'IMAGINES QUAND MÊME PAS QU'ON EST VENUS ICI POUR PARLER DES SOUVENIRS DE JEUNESSE DE MC. GRÉGOR?!
ÇA VIENT! MAIS CES FOUTUS CIRCUITS SONT GELÉS!...
...LE SIGNAL EST TROP FAIBLE POUR QUE L'INDIVIDUEL LE CAPTE CLAIREMENT!...
5- Mc Gregor
Infravision mode
time 08:18
zoom 92%
lock system
OPEN
ÇA Y EST ON PEUT Y ALLER...
T'AS NOTÉ LA TEMPÉRATURE? IL VA FALLOIR FAIRE UN FEU DE CHEMINÉE SI ON VEUT PASSER LE WEEK-END AU CHAUD!
2 - DENVER
Vidéosystem Spacesuit
zoom 100%
time mission: 00:49:17
HILARANT DENVER! Y'A PAS À DIRE ON S'ENNUIE JAMAIS AVEC TOI, PUTAIN QU'EST-CE QUE PEUVENT BIEN FOUTRE COLE ET BRUCE? SI PERSONNE NE RESPECTE LE TIMING, ON VA DROIT AUX EMMERDEMENTS!
C'EST BON ILS ARRIVENT, PAPI, T'EXCITES PAS...
6- Bruce
Vidéosystem spacesuit
zoom 103%
time mission: 00:49:18
time 08:20
ENTRY
Vidéosystem ASOR 3
cam 17-49
BON! ET BIEN QU'EST-CE QU'ON ATTEND POUR Y ALLER? JE NE TIENS PAS À RATER LA NAVETTE MOI, PLUS VITE ON EN AURA FINI AVEC CETTE CORVÉE ET PLUS VITE ON SERA PRÊTS POUR LE RETOUR!
NE T'INQUIÈTE PAS BRUCE, JE SUIS CERTAIN QUE TU SERAS LE PREMIER À CASER TA CARCASSE DANS TON CAISSON POUR LE RETOUR!
BRUCE
COLE ET DENVER: VOUS RELIEZ VOS TRAQUEURS... COLE! J'AI DE LA FRITURE SUR VOTRE CANAL VIDÉO, VOUS ME VÉRIFIEZ ÇA! ÉCOUTEZ TOUS: J'AI ENCLENCHÉ LES BATTERIES DE VOS PHASERS...
16

...ET RÉDUIT LEUR PUISSANCE À UN TIERS, N'OUBLIEZ PAS QU'IL FAUT PRÉSERVER L'ÉQUIPEMENT DE LA BASE !
ET NOTRE JOLI PETIT CUL TOUT LE MONDE S'EN FOUT BIEN-SÛR !...
COMPRIS DÉBORAH : ON NE TIRE QUE SI CELA EST STRICTEMENT NÉCESSAIRE !
traqueur mode
dist 1-0-1
EN PLUS BRUCE, SI QUELQU'UN EN VEUT À TON JOLI PETIT CUL, TU LE VERRAS ARRIVER DE LOIN AVEC LE TRAQUEUR. DIS-MOI, ÇA FAIT QUEL EFFET D'AVOIR DES YEUX DANS LE DOS ?!
5- Mc GREGOR
Individual Camera
Spacesuit
BRUCE ET COLE VOUS VOUS RENDEZ AU CONVERTEUR POUR VOIR SI VOUS NE POUVEZ PAS NOUS REMETTRE LA LUMIÈRE ET LE CHAUFFAGE. DENVER ET MC GRÉGOR : À LA SALLE DE CONTRÔLE VOIR CE QUI PEUT ÊTRE FAIT DE CE CÔTÉ LÀ !
AVANCE COLE, ET FAIS PAS LE MARIOLE, J'AIME PAS T'AVOIR DANS MON DOS !!
Vidéosystem ASQR 3
Cam 04-13
Vidéosystem ASQR 3
Cam 09-02
COLE TU T'ARRÊTES ET TU RETOURNES ME VÉRIFIER CE QU'IL Y A DERRIÈRE CETTE PORTE !
6- Bruce
Individual Camera
Spacesuit
VAS-Y INDIANA JONES ET SAUTE PAS SUR UNE MINE ANTI-PERSO !
COLE, T'ES GENTIL, TU ME FAIS UN PANORAMIQUE SUR LA PIÈCE POUR QUE JE ME FASSE UNE IDÉE.
T'AS VU CE PUTAIN DE DÉCOR, C'EST D'UN GLAUQUE ! ON SE CROIRAIT DANS UN DE CES VIEUX FILMS DU GENRE "ALIEN" !...
ET PUIS JE SUIS CERTAIN QUE LES PLACARDS SONT PLEINS DE CAFARDS GÉANTS PRÊTS À NOUS BOULOTTER SI PAR MALHEUR ON VENAIT À TROUBLER LEUR SIESTE.
ÉVIDEMMENT, SI TU T'ATTENDAIS À VOIR PASSER UN PETIT LAPIN BLANC AVEC UNE MONTRE DE GOUSSET, TU T'ES TROMPÉ DE SÉANCE LE VÉTÉRAN : C'EST PLUS DE NOTRE TEMPS CES CONNERIES...
Reservoir Dogs
DE L'INNOCENCE PERDUE AU COURAGE RETROUVÉ. UNE HISTOIRE VÉCUE.
TOM CRUISE
UN FILM DE OLIVER STONE
NÉ UN 4 JUILLET
WAOO ! ON PEUT PAS DIRE QUE LES TRONCHES QUI PIELTAIENT LÀ ÉTAIENT DES AS DU RANGEMENT !
AVANCE-TOI COLE, J'AI UNE MAUVAISE VISIBILITÉ DU FOND DE LA PIÈCE...
PUTAIN ÇA A DÛ BARDER DANS LE COIN !...
8- COLE
Individual Camera
Spacesuit

C'EST PLUS JOLI DANS "MAISONS & JARDINS" ...
DÉBORAH! FAIS-MOI UN ZOOM SUR LES IMPACTS... LÀ!
8- COLE
Individual Camera
Spacesuit
zoom 280%
MERDE! ON A PERDU COLE!!
REGARDE MC.GRÉGOR, ON DIRAIT QUE TES CAFARDS N'AIMENT PAS S'ENDORMIR LA LUMIÈRE ÉTEINTE!...
Videosystem ASOR 3
Cam 17-06
T'AS FLIPPÉ POUR RIEN DENVER, C'ÉTAIT JUSTE UNE ISSUE DE SECOURS! SI TOUTEFOIS ON DEVAIT FILER EN VITESSE ON SAURAIT PAR OÙ...
WAY OUT
BON BEN, VOUS ATTENDEZ QUOI LÀ?! IL VOUS FAUT UN ORDRE SIGNÉ POUR CONTINUER?!
OUI 'MAM SCA'LETT! PA' TOI LA-SO' TIE 'MAM SCA'LETT!...
VITE MC.GRÉGOR! AIDEZ DENVER À LE DÉTACHER!!
POURQUOI FAIRE LIEUTENANT! VOUS NE VOYEZ PAS QUE CE TYPE EST TOUT GELÉ!!...
IL DOIT PENDRE LÀ DEPUIS DES JOURS, DES SEMAINES PEUT-ÊTRE... C'EST POUR CELA QUE SON CORPS NE S'EST PAS ENCORE DÉTACHÉ DE SA TÊTE!
Videosystem ASOR 3
Cam 32-01

MOSCOU
Vous savez sans doute exactement comment je mourrai? Et vous allez me le dire?
Bien volontiers mon cher ami: on vous coupera la tête...
Hum... Cette plaisanterie est plutôt de mauvais goût. Mais revenons à votre récit, vous êtes historien c'est bien cela?
Oui je suis historien, mais approchez-vous un instant ...
Figurez-vous que Jésus a réellement existé.
Voyez-vous professeur, nous respectons grandement vos vastes connaissances, mais sur ce sujet nous préférons nous en tenir à un autre point de vue.
Il n'est pas question de points de vue ici. Jésus a existé voilà tout!
Mais encore faudrait-il avoir des preuves de...
Toutes les preuves sont inutiles! Tout est simple, écoutez plutôt: "Drapé dans un manteau blanc à doublure sanglante, un homme apparut sous le péristyle qui séparait les ailes du palais..."
19

COLE!... ICI CHET: ON A PERDU TON SIGNAL, TU ES ISOLÉ!...
BRUCE! RETOURNE SUR TES PAS, ON A PERDU LA LIAISON VIDÉO AVEC COLE, IL FAUT QUE TU LE REJOIGNES!!
PUTAIN, C'ÉTAIT SÛR QU'IL ALLAIT MERDER LE CON!
BRUCE! BRUCE! J'ESSAYE UNE FRÉQUENCE DE SECOURS...
...C'EST PAS LA PROCÉDURE, TU VAS NOUS FOUTRE UNE MERDE PAS POSSIBLE!!
NON! NE TOUCHE À RIEN!...
Vidéosystem ASOR 3
Cam 24-08
QU'EST-CE QUI PEUT POUSSER UN PAUVRE TYPE À CE GENRE D'EXTRÉMITÉ, J'AI JAMAIS COMPRIS, IL DEVAIT VRAIMENT ÊTRE AU BOUT DU ROULEAU T'IMAGINES!!
ÇA Y EST BRUCE! JE SUIS SUR TON CANAL DE SECOURS! TU M'ENTENDS BRUCE? ICI COLE, J'AI PERDU TOUT CONTACT AVEC LE SNOWDOG!...
MAIS C'EST QUOI CE BORDEL!! T'Y COMPRENDS QUELQUE CHOSE MC GRÉGOR ?!...
PUTAIN QUEL CON! CETTE FOIS ON L'A VRAIMENT PERDU!

BRUCE ! J'AI UN SIGNAL SUR LE "TRAQUEUR", MERDE ! C'EST TOI BRUCE ?!...
BEEP BEEP !
30
20
10
0
traqueur mode
dist.27
MAIS C'EST PAS VRAI, QU'EST-CE QU'IL FOUT?! IL A ACTIVÉ SON PHASER ET IL EST EN INFRAVISION !!
time09: 02
infravision mode
zoom 114%
8-cole
plasma activ data system 0.3
BLAM
BLAM
BLAM
videosystem asor 3
cam 7-67
zoom 137%
...C'EST BRUCE !
BLAM! BLAM! BLAM! BLAM! BLAM! BLAM! BLAM!
...MAIS ARRÊTE-ÇA ! COUPE-LUI LES MUNITIONS !...
...MAIS QU'EST-CE QUI SE PASSE, BON SANG ?!...
TROP TARD, C'EST TROP TARD !...
BLAM! BLAM! BLAM! BLAM! BLAM! BLAM!
...QU'EST-CE QUI SE PASSE ?!
...COLE, CESSE LE FEU !!
COLE, ÉCOUTE-MOI ! JETTE TON ARME...

PUTAIN ESPÈCE DE PETIT CON! UN PEU PLUS ET TU M'ALLUMAIS !!...
EXCUSE-MOI BRUCE, JE NE SAVAIS PLUS CE QUE JE FAISAIS, C'EST À CAUSE DES INDIVIDUELS, JE... J'AI CONFONDU LES FRÉQUENCES...
CHET! JE NE VEUX PLUS BOSSER AVEC CE SAGOUIN INEXPÉRIMENTÉ! AVEC UN PARTENAIRE PAREIL, C'EST UN TEL PLAISIR QU'ON A PLUS BESOIN D'ENNEMIS. J'EXIGE QU'ON ME CHANGE D'ÉQUIPE!!...
DÉBORAH, TRANSMETS À BRUCE QU'IL N'EST PAS DANS UN STADE DE FOOTBALL, ET QU'IL TERMINE TRANQUILLEMENT CETTE MISSION SANS AUTRE ANICROCHE ET QU'IL SE METTE EN TÊTE QU'IL N'A RIEN À EXIGER !!...
CHET
JE TE PRÉVIENS PETIT MERDEUX: ENCORE UN COUP DE CE GENRE ET C'EST MOI QUI TE FLINGUE! T'AS COMPRIS!!
COLE
ÇA NE SE REPRODUIRA PLUS BRUCE, JE TE LE JURE...
INDIVIDUAL COMPUT
MAC 0.03
UNE ANICROCHE ÇA! PUTAIN MERDE!
I was born in the U.S.A.
Born in the U.S.A.
Born in the U.S.A.
I was born in the U.S.A.
BRUCE ?...
22

EST-CE QUE QUELQU'UN VA DAIGNER M'EXPLIQUER CE QUI SE PASSE ICI ?!...
Pris dans une petite maison
Ils m'ont mis un fusil dans la main
M'ont envoyé dans un pays étranger
Pour aller tuer l'homme jaune
Born in the U.S.A.
I was born in the U.S.A.
I was born in the U.S.A.
Born in the U.S.A.
Nord-Ouest de Dong Ha
Avril 2099
Mis à bas dans une ville de mort
J'encassai mon premier coup en touchant le sol
Dans le même état qu'un chien trop battu
Jusqu'à ce que tu te caches la moitié de ton temps
Born in the U.S.A.
I was born in the U.S.A.
J'avais un frère à Khesahn
Qui combattait les viets
Ils sont encore là il a disparu
Il aimait une femme à Saïgon
J'ai une photo de lui dans ses bras
Born in the U.S.A.
I was born in the U.S.A.
I was born in the U.S.A.
Born in the U.S.A.
Je suis un type errant dans les Etats-Unis
De retour à la raffinerie
un homme dit : "Fils, si cela tenait de moi
Retourné voir mon géniteur
Il m'a dit "Fils, as-tu compris, maintenant"
C'EST SIMPLE : BRUCE EST SORTI EN BOÎTE, MAIS IL N'A PAS VOULU EMMENER SON P'TIT FRÈRE, VOILÀ CE QUI SE PASSE, PAPI...
ARRÊTE DE TE FOUTRE DE MA GUEULE DENVER !!
BEEP BEEP!
ATTENDS MC GRÉGOR ! ON DIRAIT QUE ÇA RECOMMENCE !!...
BRUCE ! COLE ! J'AI UN SIGNAL QUI S'ÉLOIGNE DANS VOTRE DIRECTION... FAITES GAFFE À PAS VOUS FAIRE ÉCHARPER LES MECS !!
HEY BRUCE ! T'AS ENTENDU, BRUCE ?!...
COLE, BRUCE ! ICI CHET ! VOUS AVEZ REÇU LE MESSAGE DE DENVER ? ON VOUS BRANCHE LES PHASERS À PLEINE PUISSANCE : SOYEZ VIGILANTS... ET S'IL S'AGIT D'UN RESCAPÉ, SECOUREZ-LE !
BRUCE ? BRUCE... ET MEEERDE !
TU AS VRAIMENT REPÉRÉ QUELQUE CHOSE DENVER, C'EST PAS UN MAUVAIS ÉCHO ?!...

23

ENTRY 1

PUTAIN, JE SUIS PLUS ÉTANCHE !!
ARRÊTE TES CONNERIES BRUCE ! JE CROIS QUE LE MEC IL EST MORT LÀ !!! TU TE RENDS COMPTE ! JE CROIS QUE TU L'AS VRAIMENT TUÉ LÀ !...
Vidéosystem ASOR 3
Cam 17-50
NON MAIS JE RÊVE : TU PENSAIS PEUT-ÊTRE QUE J'ALLAIS RESTER À LE REGARDER ME FLINGUER PEUT-ÊTRE ?!
JE TE SIGNALE QUE JE PISSE LE SANG AU CAS OÙ TU NE L'AURAIS PAS REMARQUÉ ?!
NON MAIS JE TE JURE BRUCE, REGARDE ! IL RESPIRE MÊME PLUS !
NON ? SANS DÉCONNER ? ÇA ARRIVE SOUVENT QUAND ON MEURT CE GENRE DE TRUC !
ET MEEERDE ! ALLO SNOWDOG, ICI BRUCE ! CE CONNARD M'A NIQUÉ L'ÉPAULE ET JE PISSE LE SANG ! ON ESSAIE DE RENTRER EN VITESSE !...
ICI SNOWDOG, ESSAYEZ DE TENIR LE COUP ! NOUS SOMMES À PEINE À DEUX CENTS MÈTRES !!
BORDEL DE DIEU !!
...CE QUE JE PEUX AVOIR FROID !!

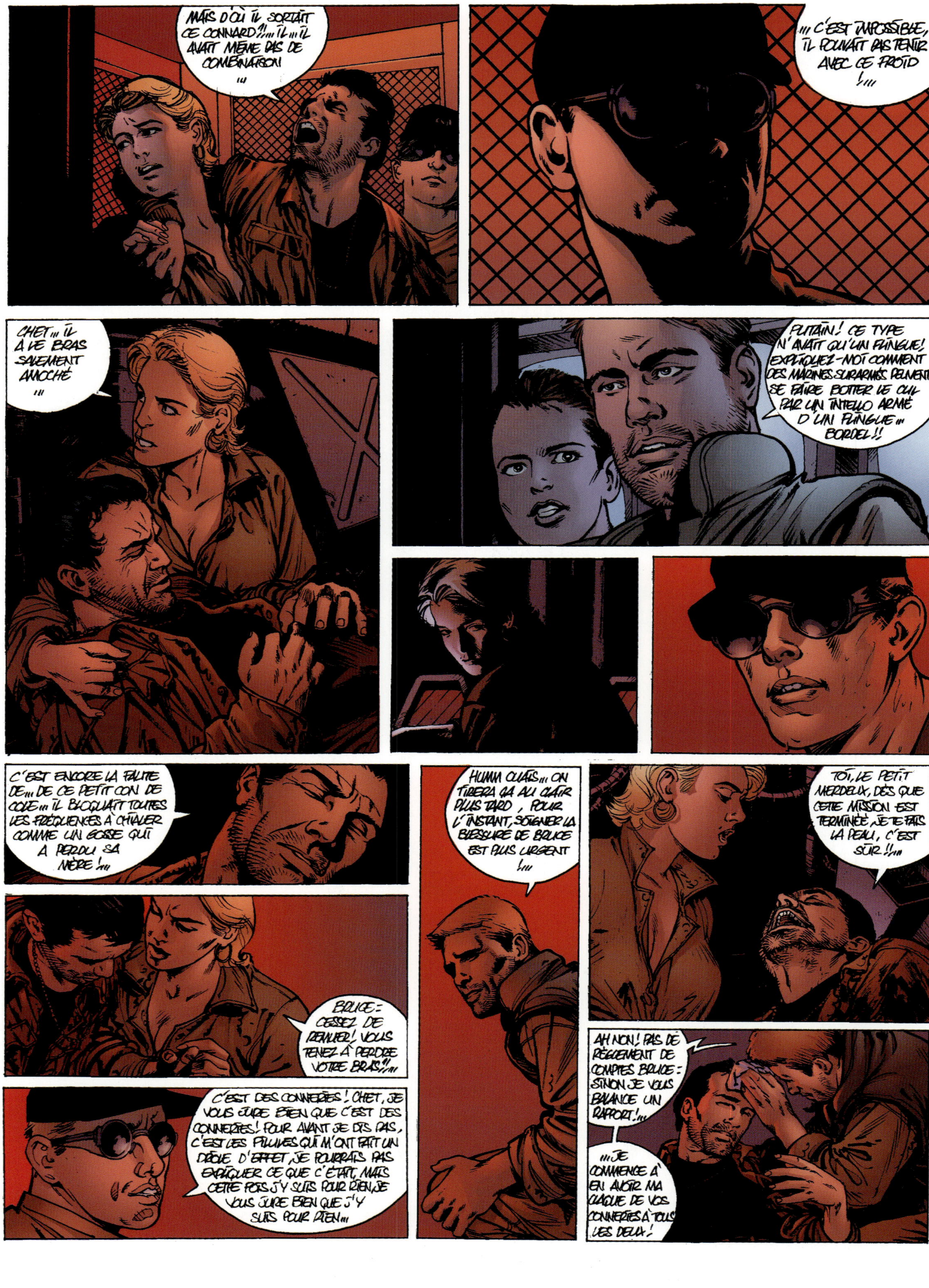
MAIS D'OÙ IL SORTAIT CE CONNARD ?!... IL... IL AVAIT MÊME PAS DE COMBINAISON !...
... C'EST IMPOSSIBLE, IL POUVAIT PAS TENIR AVEC CE FROID !...
CHET... IL A LE BRAS SALEMENT AMOCHÉ...
PUTAIN ! CE TYPE N'AVAIT QU'UN FLINGUE ! EXPLIQUEZ-MOI COMMENT DES MARINES SURARMÉS PEUVENT SE FAIRE BOTTER LE CUL PAR UN INTELLO ARMÉ D'UN FLINGUE... BORDEL !!
C'EST ENCORE LA FAUTE DE... DE CE PETIT CON DE COLE... IL BLOQUAIT TOUTES LES FRÉQUENCES À CHIALER COMME UN GOSSE QUI A PERDU SA MÈRE !...
BRUCE : CESSEZ DE REMUER ! VOUS TENEZ À PERDRE VOTRE BRAS ?!...
C'EST DES CONNERIES ! CHET, JE VOUS JURE BIEN QUE C'EST DES CONNERIES ! POUR AVANT JE DIS PAS, C'EST LES PILULES QUI M'ONT FAIT UN DRÔLE D'EFFET, JE POURRAIS PAS EXPLIQUER CE QUE C'ÉTAIT, MAIS CETTE FOIS J'Y SUIS POUR RIEN, JE VOUS JURE BIEN QUE J'Y SUIS POUR RIEN...
HUMM OUAIS... ON TIRERA ÇA AU CLAIR PLUS TARD, POUR L'INSTANT, SOIGNER LA BLESSURE DE BRUCE EST PLUS URGENT !...
TOI, LE PETIT MERDEUX, DÈS QUE CETTE MISSION EST TERMINÉE, JE TE FAIS LA PEAU, C'EST SÛR !!...
AH NON ! PAS DE RÈGLEMENT DE COMPTES BRUCE : SINON JE VOUS BALANCE UN RAPPORT !...
... JE COMMENCE À EN AVOIR MA CLAQUE DE VOS CONNERIES À TOUS LES DEUX !
26

C'EST PAS MA FAUTE CE QUI VIENT D'ARRIVER : IL FAUT ME CROIRE ! EN PLUS C'EST MOI QUI L'AI AIDÉ À REVENIR AU SNOWDOG...
C'EST BON OLE : VOUS NE VOULEZ PAS QU'ON VOUS DÉCERNE UNE MÉDAILLE NON PLUS ?!
DÉBORAH ?... ICI MC GRÉGOR : NOUS AVONS RÉUSSI À RELANCER LES CONNECTEURS, IL FERA BIENTÔT AUSSI CHAUD ICI QUE DANS UN CHALET DE CÉLIBATAIRE... ET BRUCE ? PAS TROP AMOCHÉ ?
BÉNITEZ ET CHET DESCENDENT À L'INFIRMERIE DE LA BASE : IL A UNE MÉCHANTE PLAIE QUI NE PEUT ÊTRE SOIGNÉE À BORD DU SNOWDOG ...
CHET VEUT QUE VOUS PRÉPARIEZ L'INFIRMERIE : OLE VOUS REMPLACERA À LA SALLE DE CONTRÔLE OÙ NOUS ALLONS INSTALLER UN BIVOUAC !
EH BIEN LES GARS, POUR UNE ARRIVÉE EN FANFARE !

UN CIGARILLO CHET?
HAVANITOS
CIGARILLOS
Nuit gravement à la santé
NON MERCI ...
ALORS COMMENT SE DÉBROUILLENT DENVER ET COLE AVEC LES CADAVRES?
PUTAIN, MAIS QU'EST-CE QUI S'EST PASSÉ ICI? ON NE SAIT MÊME PAS QUI ILS ÉTAIENT CES TYPES: ILS DOIVENT AVOIR DE LA FAMILLE SUR TERRE ...
ON NOUS PAYE POUR NETTOYER PAS EXPLIQUER ... QU'EST-CE QUE TU FAIS ?...
IL DOIT BIEN Y AVOIR UN LISTING ET DES INFOS SUR EUX DANS CETTE PUTAIN DE BÉCANNE !...
PAS DE SENTIMENTALISME JOSÉ: ON NE PEUT PAS SE PERMETTRE CE GENRE DE TRUC EN MISSION.
JE PISSE SUR LE CODE ROUGE ET LE HIJO DE PUTA QUI NOUS A FOUTU DANS CE MERDIER!
JOSÉ, C'EST PAS PARCE QUE T'ES ICI À TON COMPTE QUE TU PEUX TE PERMETTRE CE GENRE DE COMPORTEMENT!!
AMIGO, C'EST PAS PARCE QU'ELLE TE FOUT LES NERFS EN PELOTE QUE TU DOIS ME PARLER SUR CE TON!...
CELA FAISAIT COMBIEN DE TEMPS QUE VOUS NE VOUS ÉTIEZ PAS REVUS TOI ET DÉBORAH, SEIS, SIETE MESES ?
BIENTÔT UN AN ...
ET TU N'AS TOUJOURS PAS DIGÉRÉ? ... ESCUCHAME AMIGO: JE TROUVE QUE CETTE HISTOIRE NE TE MET PAS DANS LES MEILLEURES DISPOSITIONS POUR LE BOULOT ...
... À LA LONGUE C'EST TOI QUI RISQUE DE DÉBLOQUER. UN LOCO! SAVES LO QUE VALE UN LOCO!
TOUJOURS AUSSI DONNEUR DE LEÇONS HEIN? DANS TA SOCIÉTÉ IDÉALE IL N'Y A JAMAIS DE PROBLÈME ENTRE HOMMES ET FEMMES HEIN?!

DES PROBLÈMES?... MOI J'AI PAS DE PROBLÈME, MAIS À TA PLACE JE FERAIS ATTENTION AUX EXCITÉS QU'ON TRIMBALLE -TROP D'ANTAGONISMES, PAS ASSEZ DE RIGUEUR, CES GARS LÀ SONT UN PEU TROP HUMAINS POUR CE GENRE DE BOULOT...
...TOI T'AS UN PROBLÈME OUI!
OUAIS, ÇA C'EST TON AVIS.
CHET, ON SE CONNAÎT DEPUIS TROP LONGTEMPS POUR JOUER À CE PETIT JEU TOI ET MOI, SOIS UN PEU RÉALISTE, ELLE TE FAIT TOURNER EN BOURRIQUE, ADMETS-LE, ESSAYE DE PASSER LE CAP, JE NE SAIS PAS...
ASOR 3
AMERICAN SCIENTIFIC OPERATING RESEARCH
TU AS PEUT-ÊTRE RAISON... MAIS LÀ, TU VOIS, JE FATIGUE UN PEU, ALORS EXCUSE-MOI...
VANIT
GARILLO
IL DOIT Y AVOIR UNE MORGUE SUR CETTE BASE...
...AVEC CETTE TEMPÉRATURE QUI NE CESSE D'AUGMENTER, SI ON NE TROUVE PAS UN COIN FRAIS POUR CONSERVER LES DEUX MACHABÉES L'ATMOSPHÈRE RISQUE DE DEVENIR VITE IRRESPIRABLE.
JÉZABEL ET POTOTSKI SONT DE QUART?
CLARO QUE SI! IL FAUDRA LES Y RELEVER D'ICI À UNE HEURE.
C'EST BON, OCCUPE-TOI DE DENVER ET COLE, MOI J'AI BESOIN D'ÊTRE SEUL CINQ MINUTES...

BUENO ...
... QUANT À LA SOCIÉTÉ IDÉALE DONT JE PARLAIS, JE TE SIGNALE QUE CE SONT DES GENS DE TON PAYS QUI NOUS ONT EMPÊCHÉ DE LA CONSTRUIRE...
C'EST ÇA, VA UN PEU GONFLER LES AUTRES AVEC TES RÊVES DE RÉVOLUTION, ÇA ME FERA DES VACANCES !...
IMBÉCIL !
Ecosystem ASOR 3
107-19
HOLA CHIQUITOS !...
TOUT SE PASSE COMME VOUS LE VOULEZ ?
QU'EST-CE QU'IL A DIT SUR MOI ?...
...IL VA FAIRE UN RAPPORT, TU CROIS QUE CE SERA MARQUÉ DANS MON DOSSIER ?
T'INQUIÈTE PAS, VA ! JE CROIS QU'IL A D'AUTRES CHATS À FOUETTER !...
J'AI PAS OSÉ LUI DIRE QUE BRUCE AVAIT LA SONO À FOND DANS LES OREILLES ! C'ÉTAIT SÛR QU'IL POUVAIT PAS M'ENTENDRE, EN PLUS IL M'A CHARGÉ L'ENFOIRÉ !
OUAIS, ON TE CROIT COUE, MAIS PUTAIN ...
... AIDE-MOI À TERMINER D'EMBALLER CES DEUX MACCHABÉES, J'ARRIVE PAS À COMPRENDRE COMMENT TU PEUX ENCORE CAUSER AVEC CETTE PUANTEUR QUI TE POURRIT LES NARINES : MOI ÇA ME DONNE ENVIE DE GERBER !...
BEN SI T'AS LA NAUSÉE DENVER, T'IRAS VOIR MC GRÉGOR : IL DOIT ÊTRE MARAÑ-OSO DANS SES DESSOUS D'INFIRMIÈRE, IL TE DONNERA DES CACHETS !
OUAIS ! MAIS JE CROIS QUE POUR CE QUI EST DES CACHETS, ON A DÉJÀ DONNÉ, SI TU VOIS CE QUE JE VEUX DIRE !
30

INFIRMARY
...SANS DÉCONNER BRUCE, T'ES UNE VRAIE GONZESSE... FRANCHEMENT, J'AI JAMAIS VU QUELQU'UN D'AUSSI DOUILLET !...
OUAIS ! JE SAIS CE QUE TU PENSES : QUE C'EST PAS UNE MISSION POUR UN BRANLEUR DANS MON GENRE ! PARCE QUE TOI, LE VÉTÉRAN DE MES DEUX, T'EN AS VU DES TYPES DÉGUEULER LEURS TRIPES ET DES JEUNOTS DÉROUILLER ET PERDRE UN BRAS OU UNE JAMBE...
TIENS JE SUIS SÛR QUE RIEN QUE DE T'EN SOUVENIR ÇA TE FAIT ENCORE BANDER, PAS VRAI ?!
BRUCE, SI C'EST LES EMMERDES QUE TU CHERCHES, TU PEUX CONTINUER DANS CETTE VOIE : MÊME ABÎMÉ, JE TE JURE QUE TU FINIRAS PAR LES TROUVER !...
AHHH ! SALOPARD !
MOI TES CONNERIES D'ANCIEN COMBATTANT NE M'IMPRESSIONNENT PAS DU TOUT ! ET JE VAIS TE DIRE UN TRUC : JE CROIS QUE JE NE SUIS PAS LE SEUL. POTOTSKI NON PLUS ÇA NE L'IMPRESSIONNE PAS !...
SUPER ! JE VAIS TE DIRE CE QUE VOUS DEVRIEZ FAIRE... VOUS DEVRIEZ MONTER UN CLUB, INTERDIT AUX MÉTÈQUES, AUX YOUPINS, AUX PÉDALES ET AUX VIEUX CONS DANS MON GENRE ! JE SUIS CERTAIN QUE VOUS AURIEZ UN SUCCÈS FOU !...
ENFOIRÉ !!
PAUVRE TYPE !...

31

ON PEUT FUMER ICI TU PENSES ?...
POURQUOI PAS ?...
JE SAIS PAS, ON EST DANS UN DE CES MACHINS SCIENTIFIQUES, IL POURRAIT Y AVOIR DES PRODUITS DANGEREUX, ET PUIS ÇA ME RAPPELLE QUAND J'ÉTAIS GAMINE ET QU'ON ÉTAIT ENFERMÉES...
Heartfield
...PARFOIS ON ALLAIT SE PLANQUER AU LAVOIR POUR FUMER QUELQUES CLOPES : IL Y EN AVAIT MÊME UNE QUI FAISAIT LE MUR POUR ALLER RETROUVER SON MEC !
LA GARCE, ELLE AVAIT PAS TREIZE ANS ...
ET TOI ? TU ALLAIS RETROUVER TON MEC ?
OH MOI ? JE RESTAIS AVEC LES AUTRES. LA DISCIPLINE ÉTAIT DURE DANS CE GENRE D'ÉTABLISSEMENT, ON N'OSAIT PAS TROP ENFREINDRE LES ORDRES...
OUAIS... BEN MAINTENANT T'ES À DES MILLIARDS DE KILOMÈTRES DE TOUT ÇA, T'AS GRANDI ET PUIS LES ORDRES SONT PLUS LES MÊMES, LES INTERDITS NON PLUS D'AILLEURS.
C'EST VRAI, BEAUCOUP DE CHOSES ONT CHANGÉ DEPUIS...
32

DÉBORAH ! TU ME REÇOIS ?
OÙ EN ES-TU DE TON TOUR DE REPÉRAGE ? TU N'AS RIEN REMARQUÉ D'ANORMAL ?...
snowdog-ASOR 3
...SI CE QUE JE PENSE SE VÉRIFIE, ALORS ON AURA UN PROBLÈME BIEN PLUS GRAVE QUE CELUI DU RAVALEMENT DES FAÇADES DE LA BASE !
LA PERCEPTION EST UN PEU BROUILLÉE MAIS JE T'ENTENDS.
RIEN DE CE CÔTÉ LÀ MAIS J'AI UN PETIT PROBLÈME DEPUIS CINQ MINUTES AVEC LES DONNÉES DES SCAPHANDRES. J'AI DEMANDÉ À L'ORDINATEUR UN SECOND CHECK-UP POUR ÊTRE SÛRE...
ÇA Y EST J'AI LES CHIFFRES : CHET, ACCROCHE-TOI À TON SIÈGE, ÇA VA TE FAIRE UN CHOC !!
MAIS CRACHE-LA TA PILULE, ON VA PAS Y PASSER LA NUIT !...
LE THERMIQUE DU SCAPHANDRE DE BRUCE A ÉTÉ ENDOMMAGÉ : IL NE FONCTIONNAIT QU'À 15% DE SES CAPACITÉS NORMALES...
Snowdog coordinate: 45.56985 89.5655485 latitude: 568.2568 longitude: 2568.45
altitude: 20.58967 2569.128 11456897 12569852 56999699 frequency: 25699984 12.125654 99.555245 12854756
snowdog-ASOR 3 satellite Cryotek 18 in orbit of Sibéria
TU PLAISANTES ! SA TEMPÉRATURE INTERNE SERAIT RAPIDEMENT PASSÉE EN DESSOUS DE ZÉRO !...
ALLONS MON CHÉRI, TU M'AS HABITUÉE À MIEUX...
télécommunication satellite snowdog-ASOR 3 code 070-3819
...À MOINS QUE LE "CONTROL" AIT DÉFINITIVEMENT PÉTÉ LES PLOMBS, LA TEMPÉRATURE INTERNE DU SCAPHANDRE DE BRUCE EST TOMBÉE À 150° EN DESSOUS DE ZÉRO DURANT LES QUATRE MINUTES DE SON RETOUR AU SNOWDOG !!
QU'EST-CE QUE TU RACONTES ! C'EST ABSOLUMENT IMPOSSIBLE ! AUCUN ORGANISME VIVANT NE POURRAIT SURVIVRE À UN TEL FROID AUSSI LONGTEMPS !...
EXACTEMENT : BRUCE AURAIT DÛ TOMBER RAIDE QUELQUES MINUTES AVANT SON ARRIVÉE AU SNOWDOG, JE NE SAIS PAS CE QUI LUI A FAIT TENIR LE COUP, MAIS EN TOUT CAS CE N'EST PAS NATUREL !
Lieutenant Chet B. NOWLAND Los Angeles, April 2107
Chet & Déborah NOWLAND Pasadena, January 2109
MERDE, IL FAUT IMMÉDIATEMENT METTRE BRUCE EN QUARANTAINE, ON NE SAIT JAMAIS. ÇA NOUS LAISSERA UN PEU DE TEMPS POUR DÉCOUVRIR CE QUI S'EST PASSÉ ENTRE L'ATTAQUE ET SON ARRIVÉE AU SNOWDOG.

DÉBORAH ! J'AURAIS BESOIN QUE TU M'ENVOIES LA "NUMÉRIQUE" DE L'ACCIDENT DE BRUCE, PEUT-ÊTRE QU'EN LA VISIONNANT IMAGE PAR IMAGE, JE PARVIENDRAI À DÉCOUVRIR QUELQUE CHOSE !...
télécommunication satellit
snowdog-ASOR 3
code 070-3819
time 12:12
BONNE IDÉE, MAIS LA TRANSMISSION NE SE FERA PAS CORRECTEMENT VU LES CONDITIONS CLIMATIQUES : ALORS IL FAUDRA VENIR LA RÉCUPÉRER TOI-MÊME MON GRAND !
AERIAL ANTENNA BREAKING
00 : 02 : 37
NON NON, JE TE VOIS VENIR AVEC TES GRANDS SABOTS : JE T'ENVOIE DENVER, IL ME RAMÈNERA LA BANDE. RAPPROCHE-TOI DU POINT OÙ TU NOUS AS LARGUÉS TOUT À L'HEURE !...
J'ESPÈRE QUE CE N'EST PAS UNE SALOPERIE DE VIRUS OU UNE AUTRE CALAMITÉ DU GENRE !...
...ON EST AU MOINS QUATRE À AVOIR ÉTÉ EN CONTACT RAPPROCHÉ AVEC BRUCE DEPUIS SON RETOUR !...
ON VA PAS DRAMATISER NON PLUS, BIENTÔT TU VAS ME SORTIR DES HISTOIRES DE PETITS HOMMES VERTS !...
C'EST PAS PARCE QU'ON EST DANS UNE BASE SCIENTIFIQUE SUR UNE PLANÈTE GLACIÈRE PERDUE AU FOND DE L'ESPACE QU'ON DOIT SE METTRE À FANTASMER !...
LE VERROUILLAGE EST CORRECT DENVER ?...
AUCUN PROBLÈME ! MAIS C'EST QUOI CETTE HISTOIRE DE "NUMÉRIQUE" À RÉCUPÉRER, TU SAIS CE QUI SE PASSE TOI ! PARCE QUE TOUT DE MÊME C'EST PAS TRÈS ORTHODOXE COMME PROCÉDURE, JE VOUDRAIS PAS DONNER DE LEÇON AU LIEUTENANT MAIS J'AI HORREUR QUE ÇA NE SE DÉROULE PAS COMME DANS LE LIVRE.
QUEL LIVRE ?
LE RÈGLEMENT, EH IDIOT !
AIRLOCK
n° 07 9875
BUENO, BUENO. POUR ÊTRE IDIOT, IL EST IDIOT CE RÈGLEMENT. EN TOUT CAS ÇA A L'AIR SUFFISAMMENT SÉRIEUX POUR QUE TU AILLES TE LES GELER DEHORS À RÉCUPÉRER LA CASSETTE AU VIDÉO CLUB !

...D'ICI QUELQUES SEMAINES IL N'Y PARAÎTRA PLUS : TOUT JUSTE UNE PETITE CICATRICE À MONTRER À TES ADMIRATRICES... FRANCHEMENT BRUCE, JE NE PENSE PAS QUE TU POUVAIS RÊVER MEILLEURE INFIRMIÈRE QUE MOI, JE ME TROMPE ?
UN JOUR PROCHAIN, TU DÉGRINGOLERAS DE TON PIÉDESTAL LE VÉTÉRAN, ET TU PEUX ÊTRE SÛR QUE JE SERAI LÀ POUR ADMIRER LE SPECTACLE !
ON NE PEUT PAS ÊTRE PLUS AIMABLE, NI PLUS RECONNAISSANT, JE PARIE QUE TU BOULOTTERAIS TOUT CRU LA MAIN QUI TE NOURRIT TOI...
BIIIIP
BIIIIIIP!
EXCUSE-MOI BRUCE, JE DÉCROCHE... SI C'EST UNE DE TES FANS, JE TE LA PASSE : PROMIS !
BIIIIP
BIIIIIP!
AH C'EST VOUS LIEUTENANT! NON !... JUSTE UN PEU GROGGY... ET UN PEU PLUS DÉSAGRÉABLE QUE D'HABITUDE...
...VOUS SAVEZ CE QUE C'EST AVEC CES PETITES BÊTES...
...UN PETIT BOBO DE RIEN DU TOUT À LA PAPATTE ET ÇA VOUS PREND DES ENVIES DE MORDRE,
QUOI ?...
...À VOS ORDRES LIEUTENANT, JE VAIS FAIRE LE NÉCESSAIRE.
ET BIEN BRUCE, IL SEMBLERAIT QUE TU SOIS PLUS RÉSISTANT QU'IL N'Y PARAIT !...
KLIK...
BKHOOM
SEIGNEUR, J'AI PAS VOULU ÇA... C'ÉTAIT DE LA LÉGITIME DÉFENSE, Ô SEIGNEUR ...

BIEN MAINTENANT : REMETTRE EN ROUTE LE SYSTÈME DE CONTRÔLE VIDÉO...
QUE HAY ESTA NOCHE EN LA TELE AMIGO ? HORREUR ? SEXE ? VIOLENCE ? OU UN PETIT JEU À MILLIONS POUR EXCITER LE PROLÉTAIRE !
COMME TU VOIS, RIEN DE BIEN PASSIONNANT : COULOIRS, CHAMBRES VIDES, ETC... ÇA RESSEMBLE UN PEU PLUS À LA VRAIE VIE : LE FILM EST PAS TROP MAL, MAIS LE CASTING LAISSE À DÉSIRER...
QUAND J'ÉTAIS MÔME, JE JOUAIS À "JACK BEAUREGARD" !...
ET MAINTENANT QUE TU ES GRAND !?...
UN SEUL TROU !... COMME AU BON VIEUX TEMPS !
CESSE TES BONIMENTS !... QUEL EST TON JEU !?...
•Jijé
POTORSKI ET JÉZABEL SONT BIEN À LEUR POSTE ...
...JE SUIS PLUS PRUDENT !... MAIS, PARFOIS, IL FAUT SAVOIR RISQUER UN PEU !...
OUI ! À CE PROPOS T'OUBLIERAS PAS L'HEURE DE LA RELÈVE : TU CHOISIS QUI TU VEUX, JE SAIS QUE T'AIME CAUSER, ALORS AUTANT QUE VOUS NE PASSIEZ PAS DEUX HEURES À VOUS ENGUEULER !
JE ME SOUVIENS D'UNE ÉPOQUE OÙ ON POUVAIT PARLER POLITIQUE SANS S'ENGUEULER !...
OUAIS, OUAIS ! À CONDITION DE NE PAS ÊTRE EXTRÉMISTE !
S'ATTAQUER À LA "HORDE SAUVAGE" !... QUELLE FIN DE CARRIÈRE POUR UN HÉROS !...
T'AS RAISON AMIGO ! ON A ENCORE RIEN TROUVÉ DE MIEUX POUR FAIRE TAIRE LES MINORITÉS QUE DE LES TAXER D'EXTRÉMISME. ÇA LES DIABOLISE !...
...ELLES FINISSENT TOUJOURS PAR FERMER LEUR GUEULE DE PEUR D'ÊTRE LYNCHÉES. BELLE VERSION DU DÉBAT D'OPINION CHEZ AUX "DÉMOCRATIES AVANCÉES" !!
C'EST PAS VRAI ! TU T'ARRÊTES JAMAIS ! T'EN AS PAS MARRE DE T'ENTENDRE CAUSER TOUT LE TEMPS !!
NON ! MAIS REFUSER D'ENTENDRE PARLER DU PROBLÈME NE FERA JAMAIS DISPARAÎTRE LE PROBLÈME !...
CE SERAIT ÉCRIT DANS TOUS LES LIVRES D'HISTOIRE !
...QUE TU LIRAIS, TOI !... PENDANT QUE JE JOUERAIS DE LA HARPE, LÀ-HAUT... SUR UN NUAGE !... BEN VOYONS !!!...
36

EN TOUT CAS, IL VA FALLOIR FAIRE GAFFE SANS QUOI ILS NE VONT PAS TARDER À NOUS FAIRE DES PETITS CES DEUX-LÀ !...
JE VOUS TROUVE TOUS UN PEU "PROVO" DEPUIS QU'ON A DÉBARQUÉ, ÇA VIENT D'OÙ CE BESOIN DE SORTIR DE BONNES BLAGUES TOUT LE TEMPS : C'ÉTAIT QUAND MÊME PAS DU PROZAC LES GÉLULES QUE JE VOUS AI REFILÉES !
AH ! AH ! JE PENSE QUE C'EST SEULEMENT POUR TROMPER L'ANGOISSE, UNE RÉACTION NATURELLE DE L'ORGANISME J'IMAGINE ...
Vidéosystem ASOR 3
INFIRMARY
cam 27-264
time 12:43
TOUJOURS TRÈS TERRE À TERRE HEIN ! QUAND JE T'ENTENDS CAUSER, JE ME DIS QUE LE MATÉRIALISME SCIENTIFIQUE A ENCORE DE BEAUX JOURS DEVANT LUI !
ESTA VEZ TIENES RAZON CHET : POUR CE QUI EST DE TROMPER L'ANGOISSE, IL VA FALLOIR CHANGER DE PROGRAMME PARCE QUE CELUI-LÀ EST PLUTÔT DE NATURE À FAIRE PEUR AUX GOSSES ! SI JE NE M'INQUIÉTAIS PAS DE LA CENSURE, JE TE DIRAIS QU'ON EST DANS LES EMMERDES JUSQU'AU COU...
MAIS OÙ EST PASSÉ MC GRÉGOR ? J'AI BEAU FAIRE PIVOTER LA CAMÉRA, JE NE LE VOIS PAS !
LES COULOIRS D'ACCÈS, VÉRIFIE LES COULOIRS D'ACCÈS : NO PUEDE ESTAR EN OTRO LUGAR !
ÇA Y EST, L'IMAGE EST BROUILLÉE, MAIS JE LE TIENS ! BON SANG IL TITUBE ET IL A SON FLINGUE À LA MAIN !...
Vidéosystem ASOR 3
CORRIDOR
cam 103-1
ALLEZ BENITEZ, MAGNE-TOI LE CUL !!...
IL Y A UN TRUC QUI CLOCHE ENCORE !!
CHHHHHT ! POR FAVOR COLE CALLATE !!
37

POSE TON ARME MC, GRÉGOR ! RAPIDO !
JE... POURQUOI VOUS ME BRAQUEZ COMME ÇA ! C'EST PAS MOI JE VOUS JURE CE... C'EST LUI QUI... IL ÉTAIT COMME ENRAGÉ, C'ÉTAIT PLUS VRAIMENT LUI...
MC, GRÉGOR, POSE TON ARME OU JE VAIS ÊTRE OBLIGÉ DE T'ABATTRE SUR PLACE, TU SAIS QUE J'EN SUIS CAPABLE !...
EXPLIQUE-TOI MC, GRÉGOR, CALMEMENT, AU MOINDRE GESTE BRUSQUE BÉNITEZ N'HÉSITERA PAS, TU PEUX COMPRENDRE ÇA ?...
OUI... C'EST APRÈS QUE VOUS M'AVEZ TOUT DIT À PROPOS DU SCAPHANDRE ET DE LA TEMPÉRATURE : IL M'A SAUTÉ DESSUS AVEC UN SCALPEL...
...UN DE CES TRUCS DU GENRE EFFILÉ COMME UN RASOIR, J'AI JAMAIS AIMÉ CES MACHINS LÀ...
...ET PUIS TOUT CE DONT JE ME SOUVIENS C'EST QUE J'AI TIRÉ ET APRÈS IL Y A EU CETTE ODEUR TERRIBLE QUI M'A FAIT DÉGUEULER !...
C'ÉTAIT DE LA LÉGITIME DÉFENSE, SI JE N'AVAIS PAS RÉAGI IL M'AURAIT BUTÉ CE SALAUD, IL ATTENDAIT QUE ÇA...
QU'EST-CE QUE VOUS ALLEZ FAIRE DE MOI, LIEUTENANT ?...
RIEN POUR L'INSTANT, JE VEUX VÉRIFIER PAR MOI-MÊME CE QUI S'EST PASSÉ À L'INFIRMERIE !...
38

CHET ESPERA ! TU SAIS CE QUI ARRIVERA SI TU FAIS UN RAPPORT SUR MC. GRÉGOR ?!
OUI JE LE SAIS ...
TU SAIS QUE SI TU MENTIONNES LE FAIT QUE MC. GRÉGOR EST RESPONSABLE DE LA MORT DE BRUCE, ÉTANT DONNÉ LES CIRCONSTANCES, SES ÉTATS DE SERVICE EN PÂTIRONT SÉRIEUSEMENT !!
JE SAIS TOUT CELA BÉNITEZ, MAINTENANT LAISSE-MOI TU VEUX BIEN, ON A DU PAIN SUR LA PLANCHE...
POR DIOS CHET, CE TYPE N'A PAS EU DE VIE : PENDANT PLUS DE VINGT ANS IL S'EST BATTU POUR QUE DE PAUVRES TYPES DE TON PAYS PUISSENT TRANQUILLEMENT BOUFFER LEURS HAMBURGERS ET S'ABRUTIR AU BASE-BALL ET TU VOUDRAIS LE RÉCOMPENSER EN LE CASSANT : ILS VONT LE RADIER : LUI RETIRER SA RETRAITE !...
DESTRUYES SU VIDA CHET. SU VIDA Y TODO LO PORQUE HA MATADO.
MAIS OUI ! UNE PIEUVRE DONT VOUS NE SEREZ LIBÉRÉS QU'À MON RETOUR ! HA ! HA ! HA !
Apologize to Norman Rockwell
MAIS ENFIN BÉNITEZ, QU'EST-CE QUE TU CHERCHES À FAIRE LÀ ? JE SAIS TOUT ÇA ! J'Y PEUX RIEN MOI, C'EST PAS MOI QUI AI FAIT CE FOUTU SYSTÈME !...
BUENO, MAIS AVANT QUE TU PRENNES UNE QUELCONQUE DÉCISION, JE VOULAIS QUE TU SACHES CE QUE JE PENSAIS DE TOUT ÇA : APRÈS TOUT MC. GRÉGOR EST UN TYPE PLUTÔT TOUCHANT, IL A DES DOUTES LUI... JE N'EN DIRAIS PAS TOUJOURS AUTANT DE CE COW-BOY DE BRUCE...
...NI DE TOI D'AILLEURS !
JE TE SIGNALE QUE BRUCE EST MORT !
ET ALORS ? JE NE SUIS PAS SA VEUVE. JE NE VAIS PAS ME METTRE À CHIALER CET ENFOIRÉ ! J'AI FAIT DES GUERRES POUR ÉLIMINER DES TYPES COMME LUI !!...
LÀ TU DÉCONNES COMPLÈTEMENT JOSÉ, JE NE PEUX PAS TE LAISSER CONTINUER À TENIR CE GENRE DE DISCOURS ICI...
...T'ES PAS À UNE RÉUNION DU PARTI !
ÉCOUTE CHET...
TU LA FERMES ! C'EST UN ORDRE BÉNITEZ !!
BIIIIIIP!
BIIIIP
BIIIIIP!
OH PUTAIN DE MERDE ! C'EST PAS LE MOMENT, C'EST PAS LE MOMENT !!...
39

- Chet?
- Chet? C'est Déborah, où en es-tu de ton côté, je ne vois toujours pas arriver Denver, j'espère qu'il n'y a pas eu de complications?
- Déborah... On a des ennuis... Bruce est mort tout à l'heure à l'infirmerie.
- Mince c'est moche... Tu as les détails de sa mort? Enfin, je veux dire...
C'est pour le rapport tu comprends?...
- Ecoute Déborah, je crois que c'est à cause de la température, je...
... je pense que son organisme n'a pas supporté cette... euh...
- C'est ce que tu mettras dans ton rap
- Oui...
- Très bien! Vous allez mettre le corps de Bruce en consigne...
... On le récupèrera en partant...
... Je pense qu'à notre retour ils voudront faire une autopsie, ne serait-ce que pour savoir comment il a fait pour tenir le coup aussi longtemps!
- Déborah, je pense que je...
- Attends Chet, excuse-moi de te cou mais je crois que Denver arrive: a p tard, je te rappelle! Click... tûûûûû
ET MERDE!
POURQUOI TU TE FOUS EN ROGNE COMME ÇA! C'EST BIEN CE QUE TU VIENS DE FAIRE!...
...tûûûûûûû
OUI JE PENSE COMME BENITEZ, JE VOUS ADMIRE POUR ÇA LIEUTENANT!
AJ
NON MAIS DITES-MOI QUE JE RÊVE? EH, OH COUCOU LES TEEN-AGERS! C'EST LA RÉALITÉ ICI, PAS UN FILM DE SCIENCE-FICTION!...
SI ON RAMÈNE LE CORPS POUR AUTOPSIE, LES MÉDECINS LÉGISTES QUI NE SONT PAS DES IMBÉCILES SE RENDRONT BIEN COMPTE QU'UN CORPS QUI PORTE LA MARQUE DE PLUSIEURS IMPACTS DE BALLES N'EST PAS SIMPLEMENT MORT DE FROID!!
EN PLUS, J'AI RACONTÉ DES BOBARDS À DÉBORAH; MAINTENANT JE SUIS PARTIE PRENANTE DANS CETTE AFFAIRE!...
IL NE NOUS RESTE PLUS QU'À FAIRE DISPARAÎTRE LE CORPS DE BRUCE...
AJ
40

QUOI ! IL NE NOUS RESTE PLUS QU'À 'QUOI' ?!... MAIS C'EST HORS DE QUESTION BÉNITEZ, ÇA FAIT À PEINE CINQ HEURES QU'ON EST SUR CETTE BASE, ON A DÉJÀ TROIS CADAVRES SUR LES BRAS, ET TU VEUX TE LANCER DANS DES TOURS DE PRESTIDIGITATION POUR LES FAIRE DISPARAÎTRE ! ON EST PAS AU CIRQUE ICI !
DE TOUTE FAÇON, IL SEMBLERAIT QUE NOUS N'AYONS PLUS VRAIMENT LE CHOIX LIEUTENANT, ON NE PEUT PLUS FAIRE MARCHE ARRIÈRE MAINTENANT...
EXCUSE-MOI CHEF, J'ESSAIE JUSTE D'ÊTRE DE BON CONSEIL.
OUI, EH BIEN TES CONSEILS, ON VOIT OÙ ILS NOUS MÈNENT TES CONSEILS...
VENTILATION SHAFT
ATMOSPHERIC INTERCHANGE SECTOR
CAM 171-13-27
ASOR 3
JE NE COMPRENDS PAS : MC GRÉGOR AVAIT L'AIR TELLEMENT SOLIDE, C'EST UN VRAI BAROUDEUR QUOI, JE PENSAIS QUE CE GENRE DE MECS, RIEN NE POUVAIT LES ABATTRE... JAMAIS.
IL N'Y A RIEN À COMPRENDRE COLE, TOUT LE MONDE A SON POINT DE RUPTURE, CERTAINS L'ATTEIGNENT PLUS VITE QUE D'AUTRES VOILÀ TOUT.
MAIS QU'EST-CE QUI PEUT BIEN PUER COMME ÇA ? C'EST UNE VÉRITABLE INFECTION !
INFIRMARY
EN TOUT CAS IL NE NOUS FERA PLUS DE SURPRISE : POUR ÊTRE REFROIDI, IL EST REFROIDI : TOUCHE-MOI ÇA CHEF...
... C'EST PAS DU 150° EN DESSOUS DE ZÉRO, MAIS C'EST DU SÉRIEUX !
ARRÊTE ÇA TU VEUX C'EST ÉCŒURANT !
41

T'AIMES RACONTER TA VIE ON DIRAIT ?...
OHLA !... JE NE VOULAIS PAS TE DÉRANGER !...
C'EST PAS CE QUE JE DISAIS, MAIS J'AURAIS PAS PENSÉ ÇA DE TOI C'EST TOUT, T'AS PAS L'AIR DU GENRE DE FEMME QUI S'EN LAISSE COMPTER...
ET LÀ TU ME DÉBALLES TOUT SUR TON ENFANCE, ÇA TE RESSEMBLE PAS TROP, OU ALORS IL Y A UN TRUC QUE TU DIS PAS ...
C'EST PAS TOUJOURS DÉPLAISANT LE NON-DIT DANS UNE CONVERSATION !
JE SAIS PAS TROP, JE VAIS Y PENSER...
COMME SI ON ÉTAIT TOUS CE À QUOI ON RESSEMBLE ...
Vidéosystem ASOR 3
Cam 117-56
time: 13:40
42

LÀ, CE SONT LES CONVERTISSEURS ATMOSPHÉRIQUES ...

... ICI C'EST UN PUITS D'AÉRATION : EN BAS LE CHAUFFAGE EST TELLEMENT PUISSANT QUE MÊME À CIEL OUVERT NOUS POUVONS À PEINE SUPPORTER LA TEMPÉRATURE ... JE NE DONNERAIS PAS CHER DE CE QUI RESTERA DU CORPS DE BRUCE ...
43

ÉPARGNE-NOUS LES DÉTAILS, JE TE PRIE ...

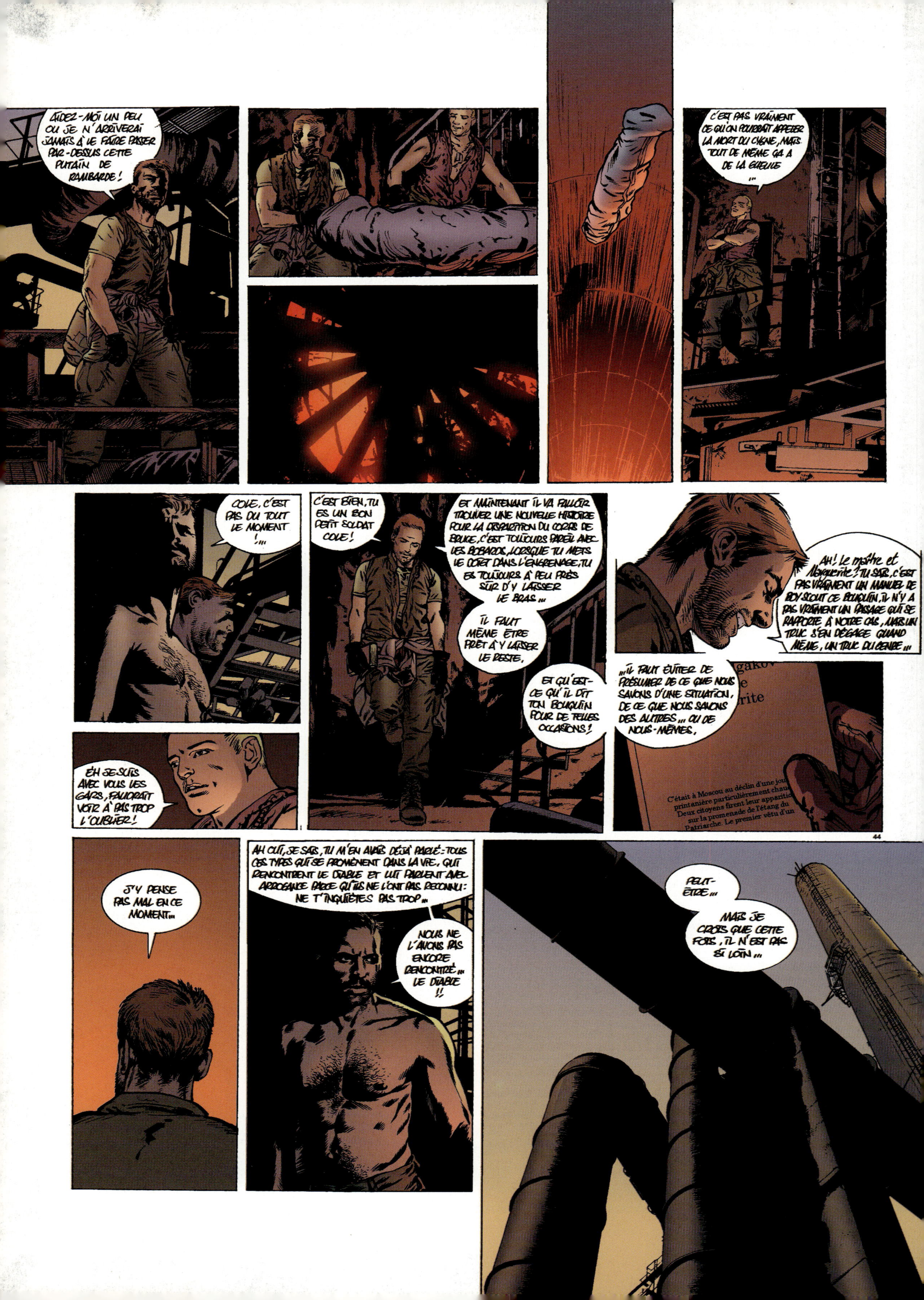
AIDEZ-MOI UN PEU OU JE N'ARRIVERAI JAMAIS À LE FAIRE PASSER PAR-DESSUS CETTE PUTAIN DE RAMBARDE !
C'EST PAS VRAIMENT CE QU'ON POURRAIT APPELER LA MORT DU CYGNE, MAIS TOUT DE MÊME ÇA A DE LA GUEULE ...
COLE, C'EST PAS DU TOUT LE MOMENT !...
EH JE SUIS AVEC VOUS LES GARS, FAUDRAIT VOIR À PAS TROP L'OUBLIER !
C'EST BIEN, TU ES UN BON PETIT SOLDAT COLE !
ET MAINTENANT IL VA FALLOIR TROUVER UNE NOUVELLE HISTOIRE POUR LA DISPARITION DU CORPS DE BRUCE, C'EST TOUJOURS PAREIL AVEC LES BOBARDS, LORSQUE TU METS LE DOIGT DANS L'ENGRENAGE, TU ES TOUJOURS À PEU PRÈS SÛR D'Y LAISSER LE BRAS ...
IL FAUT MÊME ÊTRE PRÊT À Y LAISSER LE RESTE.
ET QU'EST-CE QU'IL DIT TON BOUQUIN POUR DE TELLES OCCASIONS !
AH ! Le maître et Marguerite ! TU SAIS, C'EST PAS VRAIMENT UN MANUEL DE BOY SCOUT CE BOUQUIN, IL N'Y A PAS VRAIMENT UN PASSAGE QUI SE RAPPORTE À NOTRE CAS, MAIS UN TRUC S'EN DÉGAGE QUAND MÊME, UN TRUC DU GENRE ...
... IL FAUT ÉVITER DE PRÉSUMER DE CE QUE NOUS SAVONS D'UNE SITUATION, DE CE QUE NOUS SAVONS DES AUTRES ... OU DE NOUS-MÊMES.
C'était à Moscou au déclin d'une jou
printanière particulièrement chau
Deux citoyens firent leur appariti
sur la promenade de l'étang du
Patriarche. Le premier vêtu d'un
J'Y PENSE PAS MAL EN CE MOMENT...
AH OUI, JE SAIS, TU M'EN AVAIS DÉJÀ PARLÉ : TOUS CES TYPES QUI SE PROMÈNENT DANS LA VIE, QUI RENCONTRENT LE DIABLE ET LUI PARLENT AVEC ARROGANCE PARCE QU'ILS NE L'ONT PAS RECONNU : NE T'INQUIÈTES PAS TROP ...
NOUS NE L'AVONS PAS ENCORE RENCONTRÉ ... LE DIABLE !!
PEUT-ÊTRE ...
MAIS JE CROIS QUE CETTE FOIS, IL N'EST PAS SI LOIN ...

Ainsi c'est toi qui a incité le peuple à détruire l'édifice du temple de Jérusalem?
Ces bonnes gens n'ont aucune instruction, Hégémon, et ils ont compris tout de travers ce que je leur ai dit. Du reste je crains que ce malentendu ne se prolonge très longtemps. Tout ça à cause de l'autre, qui note tout ce que je dis n'importe comment.
Pour la dernière fois, cesse de faire l'idiot brigand, il y a peu de choses écrites sur toi, mais suffisamment pour te faire condamner!...
Non, non. Hégémon. il y en a un qui me suit tout le temps et qui écrit continuellement sur un parchemin de bouc. Un jour, j'ai jeté un coup d'oeil dessus, et j'ai été épouvanté...
De tout ce qui était écrit là, je n'avais rigoureusement pas dit un mot!
Qui est cet homme, Yeshoua Ha-Nozri, parle !...
Il se nomme Mathieu Lévi!
Et qu'est-ce qui t'a pris vagabond, d'aller au marché troubler le peuple en lui parlant de vérité, c'est à dire une chose dont tu n'as aucune notion? Qu'est-ce que la vérité?
La vérité , Hégémon? C'est d'abord que tu as mal à la tête ...
Et à un tel point que, lâchement tu songes à la mort. Il t'est même pénible de me regarder, de sorte que, sans le vouloir, je suis ton bourreau, et cela me chagrine. Mais tes tourments vont cesser à l'instant: ta tête ne te fera plus souffrir...

La preuve de l'existence de Jésus est ainsi faite...Et le diable? Pensez-vous également qu'il n'existe pas?
Il n'y a pas de Diable! Ca n'existe pas! Cessez donc de divaguer!
Bien, bien, mais je vous en supplie, avant de nous quitter, croyez au moins en l'existence du diable. Je ne vous en demande pas plus...
Songez qu'il en existe une preuve, et la plus solide qui soit: elle vous sera fournie dans un instant!...
Très bien, Très bien et... au revoir.
Au revoir ...

mission
absolute zero
listing
01 chet b.nowland
02 hazel sumah
03 deborah westley
04 alfredo jose benitez
05 philip mc gregor
06 micha algis pototski
07 bruce adam smith
08 cole adrian coppel jr
09 jezabel reynolds
CODE
ROUGE
PERTES HUMAINES
AUTORISÉES 100%
DÉGÂTS MATERIELS
AUTORISÉS 0%
SIBERIA
ASOR 3
AMERICAN SCIENTIFIC
OPERATING RESEARCH
544 449699 4 47 2 726
06 micha algis pototski
544 449699 315 1549251 1 608
07 bruce adam smith
08 cole adrian coppel jr
09 jezabel reynolds
05 philip mc gregor
CODE
ROUGE
PERTES HUMAINES
AUTORISÉES 100%
DÉGATS MATERIELS
AUTORISÉS